모파상 단편선

모파상 단편선

기 드 모파상 | 권명희 옮김

인디북

차례

우산

오레유 부인은 경제관념이 투철하기로 유명했다. 돈 한 푼도 소중히 여길 줄 알았고, 돈을 불리는 데에도 그녀만의 엄격하고 철저한 원칙들을 갖고 있었다. 언감생심 하녀가 장을 보고 슬쩍 돈을 챙기는 일이란 결코 있을 수 없었다. 남편 오레유 씨도 겨우 용돈만 타서 쓰는 형편이었다.

사실 아이들이 없는 터라 그들 부부는 부족할 것 없이 생활하고 있었다. 그런데도 오레유 부인은 집에서 몇 푼만 새나가도 가슴이 찢기는 것처럼 벌벌 떨며 아쉬워했다. 이따금 중대한 일에 피치 못하게 돈을 써야 할 때면 밤잠을 이루지 못할 정도였다.

오레유 씨는 아내에게 귀에 못이 박히도록 말했다.

"당신은 씀씀이가 좀 커져도 돼. 우리 살림이 바닥난 적은 이제껏 단 한 번도 없잖아."

아내가 대답했다.

"무슨 일이 닥칠지 누가 알아요. 쪼들리는 것보단 여유 있는 편이 낫죠."

마흔 살인 그녀는 체구가 작고 얼굴에는 주름이 자글자글했다. 언제나 곧이곧대로인 데다 툭 하면 짜증을 부리는, 한 성깔 하는 여자였다.

절약하는 데 이골이 난 남편은 수시로 아내에게 불평불만을 늘어놓았다. 아무리 아껴봤자 그에게 돌아오는 것은 없으니 그 점이 특히 힘겨웠을 게 뻔했다.

오레유 씨는 육군성 직원으로 일하고 있었지만, 단지 아내가 시키는 대로 차곡차곡 직장 연금을 쌓아두기 위해 버티는 것뿐이었다. 직장 동료들은 2년 내내 천으로 기운 똑같은 우산을 들고 사무실에 나타나는 그를 대놓고 놀려댔다. 동료들의 비웃음 섞인 조롱에 그는 진저리가 날 지경이었다.

마침내 그는 아내에게 새 우산을 사달라고 강경하게 요구했다. 오레유 부인은 어쩔 수 없이 백화점 할인품목으로 8프랑 50상팀짜리 우산을 장만해줬다. 하지만 우산을 바꿔도 별 소용이 없었다. 직원들은 그 우산을 한눈에 알아보고 이번에는 또 파리 시내를 돌아다니면 발에 치이는 게 그 우산이라고 놀려대기 시작했다. 오레유 씨는 그런 소리를 듣는 게 끔찍하리만큼 싫었다. 그래서 석 달간 그 우산을 쓰고 다니지 않았다. 직장에서는 그게 또 일상의 농담거리가 되었다. 관사의 위층에서건 아래층에서건, 사람들은 아침저녁으로 입버릇처럼 그 농담을 입에 올리곤 했다.

급기야 오레유 씨의 분노가 폭발했다. 그는 28프랑짜리 고급 비단우산을 사오라고 아내에게 명령하다시피 말하며 정식 영수증을 꼭 챙겨오라는 말도 잊지 않았다. 하지만 아내는 그보다 조금 싼 18프랑짜리 우산을 사서 남편에게 내밀며 핏대를 올리듯 쏘아붙였다.

"당신, 그 우산을 최소한 5년은 써야 돼요."

드디어 오레유 씨는 구겨진 체면을 세우고 사무실에서 당당하게 자랑을 늘어놓을 수 있었다.

남편이 퇴근해 돌아오자 아내가 걱정스러운 눈빛으로 우산을 보며 말했다.

"그렇게 고무줄로 우산을 꽁꽁 묶어두면 어떡해요. 비단이 상하잖아요. 당신, 우산 잘 간수해요. 호락호락하게 또 사주진 않을 거니까요."

그러면서 우산을 집어 끈을 풀고는 우산살을 흔들어 펼쳤다. 잠시 감홍에 젖어 우산을 바라보던 그녀는 한가운데 동전 크기만 한 구멍이 뻥 뚫려 있는 것을 알아챘다. 틀림없이 담뱃불에 탄 자국이었다! 그녀는 말을 더듬거렸다.

"이, 이게 뭐예요?"

남편은 아내를 쳐다보지도 않고 태평스레 대꾸했다.

"뭐가 어쨌는데? 무슨 얘길 하는 거야?"

분노가 숨통을 틀어막은 것처럼 그녀는 계속 버벅거리며 말했다.

"다… 당신, 태워먹었군요……. 다… 당신… 우산이요. 다… 당신, 미쳤군요! 집안을 거덜 낼 작정이야!"

오레유 씨는 얼굴이 싸하게 창백해지는 것을 느끼며 뒤돌아보았다.

"지금 뭐라고 했어?"

"당신이 우산을 태워먹었다고 했어요. 자, 봐요!"

아내는 우산으로 한 대 치기라도 할 기세로 남편 코앞에다 동그랗게 탄 자국을 들이밀었다. 남편은 어안이 벙벙해서 웅얼거렸다.

"이, 이게… 왜 생긴 거지? 난 모르는 일이야! 난 아무 짓도 안 했다고. 당신한테 맹세해. 우산이 왜 이렇게 됐는지 난 모른다고!"

그녀는 고함을 내질렀다.

"안 봐도 뻔해! 당신이 사무실에서 우스운 짓을 했을 거야. 광대짓을 하며 우산을 보여주겠다고 펼쳤겠지!"

그가 대꾸했다.

"딱 한 번 우산이 얼마나 근사한지 보여주려고 펼쳤을 뿐이야. 그게 전부라고. 맹세한다니까."

하지만 아내는 화를 이기지 못하고 발을 쿵쿵 굴렀다. 그와 동시에 가정에서 평온하게 살고픈 남자에게 총알이 빗발치는 전쟁터보다 더 살벌한 공격을 퍼붓기 시작했다. 결국 부부싸움을 마친 아내는 색깔이 다른 옛날 우산에서 비단 조각을 오려내더니 구멍난 곳에 덧대었다.

다음 날 오레유 씨는 땜질한 우산을 들고서 잔뜩 풀이 죽은 채 집을 나섰다. 그는 사무실에 도착하자마자 옷장 속에 우산을 처박아두고는 떠올리기 싫은 나쁜 추억처럼 우산에 대해서는 생각조차 하지 않았다.

퇴근 후 그가 집에 돌아오자마자 아내는 남편 손에 들린 우산부터 잡아채더니 상태를 확인하려고 다시 펼쳤다. 더는 손써볼 수 없게 재앙이 되어버린 우산을 본 오레유 부인은 기가 찰 노릇이었다. 불에 탄 것임에 틀림없는 작은 구멍들이 여기저기 좁쌀만 하게 뚫려 있었다. 누군가 파이프에 불을 붙여 그 재를 위에서 뿌린 듯했다. 이제 우산은 수선할 수도 없게 완전히 못 쓰게 되어버렸다.

오레유 부인은 한마디 말도 하지 않고 우산만 뚫어지게 쳐다보았다. 말이 목구멍을 빠져나올 수 없을 만큼 화가 머리끝까지 치밀어오른 것이었다. 남편 역시도 수선 불가능한 상태를 인정해야 했다. 어찌나 어이없고 놀랍고 기가 막힌지 그는 어리벙벙한 표정만 짓고 있었다.

이내 그들 부부의 눈이 마주친 순간, 남편이 눈을 내리깔자마자 아내가 던진 구멍 난 우산이 그의 얼굴로 날아왔다. 이어 노여움에 분노가 더해져 급기야 아내가 소리를 내질렀다.

“이 변변치 못한 인간! 당신이 일부러 그랬지! 당신이 나한테 보상해야 해! 이제 당신한테 다신 우산 같은 거 안 사줄 거야.”

어제와 마찬가지로 부부싸움이 또 시작되었다. 한 시간가량 한바탕 회오리가 지나고 나서야 남편은 해명을 할 수 있었다. 그는 도무지 영문을 모르겠다며, 누군가 고의나 복수로 그런 짓을 했을지도 모르겠다고 고개를 절레절레 흔들었다.

그때 곤경에 처한 그를 구해주는 벨소리가 울렸다. 그의 집에서 함께 저녁을 먹기로 한 친구가 방문한 것이었다.

오레유 부인은 남편 친구에게 자초지종을 설명했다. 그리고 앞으로 새 우산을 사주는 일은 기필코 없을 테니 남편에게 기대도 하지 말라고 단단히 못을 박았다.

그러자 남편 친구가 조리 있게 그녀를 설득했다.

"그럼 부인, 저 친구는 체면을 잃게 되겠죠. 분명히 우산보다 더 가치가 있는 것인데 말이지요."

여전히 분이 풀리지 않은 작달막한 여인이 마지못해 대답했다.

"집에서 막 쓰는 우산이나 들고 다녀야겠죠. 저이한테 비단 우산 따윈 사주지 않을 거예요."

구두쇠 근성이 발동한 아내에게 오레유 씨가 엄포를 놓았다.

"그럼 난 사표를 내겠어! 집에서 막 쓰는 우산을 들고 육군성에 다닐 수는 없어."

그의 친구가 다시 말했다.

"우산에 천만 새로 씌우시죠. 그건 그리 비싸지 않습니다."

오레유 부인은 발끈한 채로 중얼거렸다.

"비단 천으로 갈려면 적어도 8프랑은 줘야 해요. 8프랑에 18프랑을 더하면 합이 26프랑이라고요! 우산 하나 때문에 26프랑을 쓰다니, 정신 나간 짓이라고요!"

그때 역시 궁색한 부르주아인 남편 친구에게 한 가지 묘안이 떠올랐다.

"그럼 보험회사가 지불하도록 하세요. 이 댁에서 화재로 피해를 입은 것이라고만 하면 불에 탄 물건에 대해 보상해 줄 겁니다."

단박에 귀가 솔깃해진 작달막한 여인은 1분가량 생각에 잠겨 있다가 남편에게 말했다.

"내일 직장으로 가기 전에 라 마테르넬 사무실에 들러 봐요. 당신 우산을 보여주고 지불 청구를 하라고요."

오레유 씨가 펄쩍 뛰었다.

"18프랑을 잃었으면 잃었지, 내 평생 그런 일은 절대 못 해! 그 돈 없다고 죽진 않을 테니까."

이튿날 그는 지팡이를 들고 출근했다. 다행히도 날은 화창했다.

집에 혼자 남은 오레유 부인은 18프랑을 잃은 것이 못내 아쉬웠다. 그녀는 우산을 부엌 식탁 위에 올려놓고 해결 방법을 고심하느라 그 주위를 뱅뱅 맴돌았다.

보험회사에 대한 생각이 줄곧 뇌리에서 떠나지 않았다. 하지만 도저히 보험회사를 찾아가 직원들의 조롱 어린 시선을 마주할 엄두가 나지 않았다. 오레유 부인은 집에서와는 달리 사람들 앞에 나서면 소심해졌고, 아무것도 아닌 일에 얼굴이 붉어져 낯모르는 이들을 상대할 일이 생기면 곤혹스럽기 짝이 없었다.

잊을 만하면 상처 부위의 아픔이 되살아나듯 18프랑에 대한 미련이 가시질 않았다. 잊으려 해도 돈을 잃은 상실감이 끊임없이 그녀를 고통스럽게 했다. '어떡한담?' 시간이 흘러도 아무런 결정을 내리지 못하던 그녀는 겁쟁이들이 별안간 용감무쌍해지듯 결심이 섰다.

"가봐야지. 일이 어찌 될지 모르잖아!"

재해를 입은 확실한 증거를 내보이려면 우산부터 챙겨야 했다. 그녀는 난로 위에 있는 성냥으로 우산살 사이에 손바닥만 하게 불에 탄 자국을 낸 다음, 남은 비단 천으로 돌돌 말아 고무줄로 우산을 동여맸다.

오레유 부인은 숄을 두르고 모자까지 쓰고서 다급히 보험회사가 있는 리볼리 거리로 향했다. 하지만 보험회사가 가까워질수록 발걸음은 느려졌다. '뭐라고 해야 하지? 보험회사 직원들은 또 뭐라고 대답할까?'

그녀는 건물들의 번지수를 살피며 느릿느릿 걸었다. 아직 28번지 앞이었다. '다행이로군!' 생각을 가다듬으려고 점점 더 미적거리던 그녀가 갑자기 화들짝 놀라며 걸음을 멈추었다. 눈앞에는 금색 글자로 〈라 마테르넬, 화재보험회사〉라고 씌어 있는 현판이 반짝거리고 있었다. '어느새 도착했네!' 그녀는 초조하고 창피한 마음에 뒤돌아섰다 다시 돌아왔다 또다시 돌아섰다가 결국에는 되돌아오고 말았다.

오레유 부인은 생각했다. '어쨌든 들어가보자고. 빠를수록 좋아. 매도 먼저 맞는 게 낫잖아.'

막상 보험회사 건물 안을 가로지르려 하자 심장이 쿵쾅거리는 게 느껴졌다. 그녀는 용기를 내어 상담창구로 둘러싸인 넓은 방으로 들어갔다. 창구마다 칸막이 격자로 가려져 직원들의 얼굴만 보였다.

서류를 들고 가던 남자 직원 하나를 발견한 오레유 부인은 그 앞에서 걸음을 멈추고 기어들어가는 목소리로 물었다.

"실례합니다. 화재로 피해 입은 물건을 보상 받으려면 어디로 가서 문의해야 하는지 알려주시겠어요?"

남자는 쩌렁쩌렁한 음성으로 대답했다.

"2층으로 올라가셔서 왼쪽으로 재해부서를 찾아가세요."

그녀는 더욱 주눅이 들고 말았다. 18프랑 따위 그냥 포기해버리고서 뒤도 안 돌아보고 달아나고 싶은 심정이었다. 하지만 아까운 돈을 생각하자 다시금 용기가 되살아났다.

한 계단씩 오를 때마다 크게 숨을 들이쉬었다가 내쉬기를 반복하며 2층으로 올라간 그녀는 조심스럽게 재해부서 사무실 문을 두드렸다. 누군가 명쾌한 음성으로 응답했다.

"들어오십시오!"

문을 열자 넓은 사무실 안에서 정장 차림의 점잖은 남자 셋이 선 채로 대화를 나누고 있는 모습이 보였다. 그중 한 남자가 물었다.

"부인, 무슨 일로 오셨는지요?"

그녀는 딱히 할 말을 찾지 못해 어물어물 대꾸했다.

"제가 온 건… 다름이 아니라… 재해를 입었거든요."

남자가 깍듯하게 좌석을 가리켰다.

"잠시 여기 앉아서 기다려주십시오. 조금 후에 일을 봐드리겠습니다."

남자는 두 신사에게 돌아가 다시 대화를 이어갔다.

"고객님들, 저희 회사는 40만 프랑 이상의 보상에 대해서는 책임지지 않습니다. 저희는 고객님들이 회사에 추가 지불하라고 주장하시는 10만 프랑에 대한 청구만 받아들일 수 있습니다. 게다가 산정 금액이 무려……."

두 신사 중 하나가 남자 직원의 말을 가로막았다.

"됐소. 법원이 판결을 내릴 겁니다. 이제 우리는 손을 떼기만 하면 되겠군요."

그들은 남자 직원에게 건성으로 인사하고서 사무실을 나가버렸다.

이런, 맙소사! 두 신사와 함께 나가버릴 용기만 있다면 오레유 부인은 모든 것을 포기하고 그대로 줄행랑이라도 치고 싶은 심정이었다! 하지만 그게 어디 마음먹은 대로 되겠는가?

곧바로 남자 직원이 그녀에게 다가와 고개 숙여 인사했다.

"부인, 어떤 서비스 때문에 오셨는지요?"

그녀는 힘겹게 또박또박 말했다.

"제가 여기 온 건… 이것 때문이에요."

부서장이라고 밝힌 남자 직원은 순수한 호기심에 놀라움을 더한 눈으로 그녀가 내미는 물건을 바라보았다. 오레유 부인은 후들거리는 손으로 고무줄을 벗겨내느라 안간 힘을 썼다. 끙끙대며 어렵사리 고무줄을 벗겨낸 그녀는 느닷없이 누더기처럼 되어버린 우산을 펼쳤다.

남자는 연민이 묻어나는 투로 말했다.

"상태가 아주 심각해 보이는군요."

그녀는 주저하듯 이야기했다.

"20프랑이나 주고 산 거예요."

그가 놀라며 물었다.

"정말인가요! 그렇게 비싸게 주고 사셨어요?"

"그렇다니까요. 최고급이었죠. 얼마나 멋졌는지 증명해 보이고 싶군요."

"제가 보기에도 아주 고급스러웠을 것 같네요. 그런데 제가 어떤 걸 도와드려야 할지 잘 모르겠군요."

불안감이 그녀를 엄습했다. 이 보험회사는 자질구레한 물건의 보상은 안 해줄지도 모른다는 생각이 들었지만 내친 김에 그녀는 말을 꺼냈다.

"그게… 우산이 불에 탔거든요."

남자 직원이 알고 있다는 듯 고개를 끄덕였다.

"그런 것 같습니다."

그녀는 입을 벌린 채 더 이상 말을 어떻게 이어가야 할지 몰라 주저하다 불현듯 잊고 있던 것을 깨달은 것처럼 서둘러 말했다.

"전 오레유 부인이고, 〈라 마테르넬〉 회사에 보험을 들었습니다. 피해금액을 청구하러 왔죠."

상대가 딱 잘라 거절할까봐 겁이 난 그녀는 재빨리 덧붙여 말했다.

"단지 우산의 천만 새로 갈아주십사 부탁드리려고요."

부서장이 당황하며 말했다.

"하지만… 부인…, 저희는 우산 장수가 아닙니다. 게다가 우산 수선은 저희 회사가 맡을 수 없는 일입니다."

냉정을 되찾은 왜소한 부인은 대담해졌다. '싸워야 한다면 기어이 싸울 것이다!' 두려움마저 싹 가신 듯 그녀가 말했다.

"그냥 수리비만 요구하는 거예요. 수리는 제가 알아서 할게요."

부서장은 곤란한 표정을 지었다.

"사실 부인이 요구하시는 것 같은 미미하고 자잘한 사고로 저희에게 배상금을 요구하는 고객은 한 분도 없었습니다. 손수건이나 장갑, 대걸레, 실내화처럼 매일 불로 손상을 입을 수 있는 온갖 소소한 물건들에 대해 하나하나

환불 조치를 해드리지 못하는 점을 양해해주십시오."

그녀는 분노가 치밀어오른 것처럼 얼굴이 다 벌게졌다.

"선생님, 지난 12월에 저희 집 벽난로에서 불이 난 적이 있습니다. 그 일로 저흰 적어도 500프랑의 손해를 입었지만 제 남편 오레유 씨는 보험회사에 아무런 청구도 하지 않았습니다. 그러니까 오늘 보험회사가 제 우산에 대한 보상을 해주는 건 지극히 당연한 일이지요."

부서장은 그녀의 뻔한 거짓말에 웃음기를 머금고 말했다.

"부인, 남편이신 오레유 씨가 500프랑의 손해에 대해 아무런 비용 청구도 하지 않으셨는데, 부인께서 우산 수리비용으로 5, 6프랑을 청구하러 오셨다니 아주 뜻밖입니다."

그녀는 조금의 흔들림도 없이 반박했다.

"죄송합니다만, 선생님. 500프랑의 손해는 남편 오레유 씨의 주머니와 상관있는 일이지만, 18프랑의 손해는 아내인 제 주머니와 상관있는 일이랍니다. 그건 전혀 다른 문제이지요."

그는 이 여인을 쫓아내지 않으면 하루 종일 시간을 낭비할 것 같은 생각에 체념한 투로 물었다.

"그럼 어떤 사고가 있었는지 말씀해보시죠."

그녀는 득의양양해져서 말하기 시작했다.

"네, 기꺼이 말씀드리죠. 저희 집 현관 입구에 청동으로 된 바구니가 놓여 있어요. 평소 거기에 우산이나 지팡이를 꽂아두곤 하죠. 그날도 전 집으로 돌아와 이 우산을 그 안에 꽂아두었어요. 참, 청동 바구니 바로 위에 초와 성냥을 놓아두는 선반이 있다는 걸 말씀드려야겠군요. 전 선반에 팔을 뻗어 성냥 네 개를 집었어요. 첫 번째 성냥을 켰는데 꺼졌어요. 그래서 두 번째 성냥을 켰는데 이번엔 불이 붙었다 금방 꺼져버렸죠. 세 번째 성냥을 켰는데 그것도 마찬가지였어요."

부서장은 재치 있는 유머를 던진답시고 잠시 그녀의 말을 가로막았다.

"물론 정부에서 만든 성냥이었겠죠?"(1875년부터 프랑스 정부가 성냥 제조와 판매를 맡았다.)

오레유 부인은 상대가 던진 유머도 알아채지 못한 채 계속 말을 이어갔다.

"뭐, 그럴 수도 있겠죠. 여하튼 네 번째 성냥을 켰을 때서야 불이 붙었다고요. 늘 그런 식으로 네 번째 성냥으로 초에 불을 밝혔어요. 그런 다음 잠자리에 들려고 방으로 들어갔지요. 한 15분쯤 지났을까. 뭔가 타는 냄새가 나는 것 같았어요. 전요, 화재가 날까봐 항상 겁이 난답니다. 오, 만약 저희 집에 끔찍한 화재가 생긴다면 그건 제 탓이 아닐 거예요! 하여튼 방금 말씀드린 대로 벽난로에서 불이 난 건데, 미처 그걸 보지 못한 거예요. 침대에서 벌떡 일어나 사냥개처럼 킁킁거리며 집 안 여기저기 냄새를 맡고 다녔죠. 그러다 제 우산이 타고 있다는 걸 알게 되었어요. 아마 성냥이 우산 속으로 떨어졌던 모양이에요. 결국 우산이 이 지경이 되고 말았죠…….”

이쯤 되면 청구를 받아들일 수밖에 없다고 여긴 부서장이 물었다.

“그렇다면 손해 배상액으로 얼마를 산정하고 계신가요?”

오레유 부인은 선뜻 금액을 정하지 못하고 있다가 배짱을 튕길 양으로 말했다.

“직접 우산을 수리해주실 것을 선생님께 부탁드릴게요.”

부서장은 완강히 거절했다.

“무슨 말씀이십니까, 부인. 전 못합니다. 얼마를 청구하실 것인지만 말씀해주세요.”

“하긴… 그렇겠죠……. 전요, 폐를 끼치고 싶진 않아

요……. 그럼 이렇게 하기로 해요. 제가 우산을 제조회사로 가져가 질 좋고 오래가는 비단으로 새로 씌워달라고 할게요. 그런 다음 영수증을 받아 갖다드릴게요. 괜찮겠죠?"

"물론입니다, 부인. 잘 알겠습니다. 자, 이걸 들고 회계창구로 가서 말씀만 하시면 부인의 지출비용을 환불해줄 겁니다."

부서장은 오레유 부인에게 보험 카드 한 장을 내밀었다. 그녀는 카드를 집어 들고 일어나 고맙다고 말하고는 행여 직원의 생각이 바뀌기라도 할까봐 부리나케 보험회사를 빠져나왔다.

거리로 나온 오레유 부인은 경쾌한 걸음으로 고급스러워 보이는 우산 가게를 찾아다녔다. 한눈에도 화려해 보이는 부티크를 발견한 그녀는 서슴없이 안으로 들어가 자신만만한 목소리로 말했다.

"이 우산의 비단을 새로 갈아주세요. 좋은 비단으로요. 이왕이면 이 가게에서 최고급으로 말이죠. 가격은 얼마가 되었든 상관없어요."

_1884년, 〈골루아〉 지에 발표된 작품

가면

그날 저녁 엘리제 몽마르트(몽마르트 가 80번지에 위치한 무도회장)에서는 가장무도회가 열렸다. 미-카렘(사순절 셋째 주 목요일에 행해지는 전통 카니발 축제)을 맞이해 무도회장으로 이어지는, 조명이 번쩍거리는 복도로 수문의 물이 빠져나오듯 인파가 밀려들었다.

빰바라밤바빰, 폭죽음이 터지듯 오케스트라의 요란한 나팔소리가 무도회장의 벽과 지붕을 꽝꽝 울려댔다. 그 소리는 무도회장 밖으로 퍼져나가 인근의 집들까지 술렁이게 했다. 마치 인간의 저 깊은 곳에 잠들어 있는 동물적인 본성처럼, 몸을 흔들며 격렬하고 뜨겁게 춤추고 싶다는 거부할 수 없는 욕망을 깨우는 듯했다.

무도회장의 단골들은 파리 각지에서 몰려든 온갖 부류의 사람들로, 모두들 마시고 놀기 좋아하는 약간의 방탕기를 지닌 데다 떠들썩한 분위기를 즐겼다. 그들 중에는 직장인도 있고, 사창가 포주도 있었다. 물론 여인들도 끼어 있었다. 싼 티 나는 면 옷을 입은 여인뿐 아니라 하늘거리는 고급 드레스를 입은 여인, 다이아몬드로 치장한 늙은 유한마담에서부터 파티도 즐기면서 부유한 남자도 만나고 싶어 안달난 가난한 열여섯 살 소녀까지, 여인들의 부류도 천태만상이었다.

검정색 연미복을 빼입은 남자들은 비록 풋풋한 매력은 사라졌어도 싱그러운 육체를 가진 여인들을 찾아 열기로 후끈 달아오른 사람들 사이를 배회하고 다녔다. 반면 가면을 쓴 남자들은 오직 춤만 즐기려는 욕망에 한껏 들떠 있는 듯 보였다.

유명한 카드릴(네 쌍의 남녀가 짝을 이루어 추는 춤)이 시작되자, 현란한 춤동작을 보기 위해 사람들이 댄서들 주위로 빽빽이 모여들었다. 남녀 관객들은 한 덩어리가 되어 울타리처럼 댄서 네 명을 에워싼 채, 간격을 좁혔다 넓혔다 하면서 뱀이 꿈틀거리듯이 춤꾼들을 따라서 움직였다.

엉덩이 부위에 고무 스프링을 넣은 듯한 두 여자 댄서의 동작은 입이 벌어질 정도였다. 팔다리가 붕 떠오르게 발을 힘껏 허공으로 내뻗더니 갑자기 양다리를 벌려 한 발은 앞으로, 다른 한 발은 뒤로 미끄러뜨리고는 거의 배가 닿도록 바닥에 붙였다. 다리를 빠르게 젖는 동작이 우스꽝스럽고 볼썽사납기도 했다.

남자 파트너들은 스텝을 밟으며 풀쩍 뛰어오르듯 옆으로 비껴나 깃털 없는, 퇴화된 날개처럼 우아한 팔 동작을 펼쳤다. 가면 뒤로 그들이 가쁜 숨을 몰아쉬고 있다는 것을 사람들은 어렴풋이 짐작할 수 있었다.

그중 한 남자는 아름다운 '송주 오 고스' 파트를 방심한 채 놓쳐버리고 말았다. 그는 카드릴 중 가장 잘 알려진 춤 동작으로 만회하려는 포즈를 취하고 있다가 끈기를 요하는 '아레트 드 보' 동작을 시도했으나, 다른 남자 파트너에 비해 이상할 정도로 튀어 보여 관객들의 조롱과 웃음을 자아냈다.

마른 체구에 겉멋 든 젊은이처럼 차려입은 그는 반들반들 윤기가 흐르는 가면을 쓰고 있었다. 곱슬머리에 고슬고슬한 금빛 수염이 달린 멋진 가면이었다. 흡사 그레방 박물관(유명인들의 밀랍 인형들을 전시한 파리의 민영 박물관)의 밀랍 인형을 닮은 모습이었다. 매력적인 젊은이가 지나치게 멋을 부린 것처럼 기이한 차림새랄까. 게다가 누가 봐도 혼신의 힘을 다해 춤을 추고 있었지만, 어설프리만큼 격정적인 동작 때문에 오히려 코믹하게 보일 뿐이었다. 함께 춤추는 댄서들을 굼뜨게 따라하는 모양새가 마치 사냥개 그레이하운드와 경주를 벌이는 발바리처럼 힘에 부치고 둔해 보였다. 그러자 사람들이 야유 섞인 "브라보"를 외치며 남자를 격려해주었다.

그는 열정에 취한 나머지 광적으로 몸부림치더니 갑자기 격렬한 스텝으로 펄쩍 뛰어올랐다. 순간 벽처럼 에워싸고 있던 관객들이 자신들을 향해 몸을 날리는 남자를 피하느라 양쪽으로 갈라졌다.

곧 이어 바닥에 널브러져 죽은 듯 꼼짝 않는 댄서를 살피기 위해 관객들이 우르르 모여들었다. 몇몇 사람들이 쓰러진 그를 부축해서 데려가려는 그때 누군가 소리쳤다.

"저는 의사입니다."

한 남자가 자신을 소개했다. 굵은 진주가 달린 셔츠에 검정색 연미복을 입은 아주 세련된 젊은이가 겸손하게 말했다.

"대학에서 학생들을 가르치고 있습니다."

사람들은 의사인 그에게 길을 내주었다. 박스들이 가득

쌓인, 에이전시 사무실로 보이는 작은 방으로 들어간 의사는 여전히 의식 없이 의자 위에 축 늘어져 있는 남자에게 다가갔다.

의사는 먼저 가면부터 벗기려 했지만 쉽지 않았다. 가만히 보니 가면이 여러 겹의 금속 끈에 얼키설키 엮인 채 가발 가장자리에 교묘하게 묶여 있었다. 단단히 동여맨 끈으로 비밀을 감추기라도 하려는 듯 가면이 얼굴 전체를 가리고 있었다. 또 목덜미부터 턱까지 살색의 가짜 피부가 꽉 조이는 장갑처럼 덧대어져 있었다.

의사는 잘 드는 가위로 이 모든 것들을 잘라내야 했다. 어깨부터 관자놀이까지 혀를 내두를 만큼 정교하게 이어 붙인 가면 껍데기를 벗겨내자, 주름투성이에 창백하고 병약해 보이는 늙은 남자의 얼굴이 드러났다. 가면 쓴 곱슬머리의 젊은 남자를 데려왔던 사람들 사이에 찬물을 끼얹은 듯 침묵이 흘렀다. 웃는 이도, 말을 꺼내는 이도 없었다.

사람들은 몸을 수그린 채 밀짚으로 엮은 의자 위에서 눈을 질끈 감고 의식을 잃은 늙은 남자를 물끄러미 들여다보았다. 초췌하고 슬픔이 깃든 그의 얼굴에는 흰 머리칼들이 어수선하게 흩어져 있었다. 이마 정면으로 흘러내린 머리칼들은 길었고, 뺨과 턱에는 짧은 털들이 비죽비죽 솟아

있었다. 이 가련한 남자 옆에는 윤기가 흐르면서 여전히 미소 짓고 있는 상큼한 가면이 놓여 있었다.

한참뒤 남자는 정신이 돌아왔지만 아직 의식은 없는 듯했다. 너무 쇠약해 보여 의사는 위중한 합병증을 의심하면서 물었다.

"어디 사시죠?"

늙은 춤꾼은 기억을 더듬는 것 같더니 이내 사람들이 알지 못하는 거리 이름을 말했다. 의사가 그 동네에 대한 세세한 것들을 물어보자 남자는 힘겹고 혼란스러운 듯 어눌하게 대꾸했다.

의사가 말을 이었다.

"제가 댁까지 모셔다드리죠."

의사는 이 이상한 광대가 누구인지, 이 괴짜 춤꾼이 어디 사는지 알고 싶은 호기심에 사로잡혔다.

두 사람을 태운 마차는 몽마르트 언덕 반대편에서 멈춰섰다. 늙은 춤꾼은 미끄러운 계단 위의 볼품없고 허름한 산동네 집을 가리켰다. 두 불모지 사이에 위치한 그 집은 유리창이 뚫린 채로 완공이 덜 된 무허가 건물들 중 하나였다. 궁색하고 누추한 집들마다 누더기를 걸친 주민들이 무리 지어 살고 있는 곳이었다.

의사는 끈적거리는 나선형 목재 난간을 붙잡고 남자를 부축해 5층까지 올라갔다. 기력은 돌아왔지만 남자의 정신은 여전히 혼미한 상태였다.

문을 두드리자 뼈만 앙상하게 남은 얼굴에 흰 나이트캡을 쓴 나이 지긋한 여인이 모습을 드러냈다. 이목구비가 또렷한 그 여인은 충직한 일꾼처럼 묵묵히 제 소임을 다할 것 같은 인상이었다.

문을 열자마자 그녀는 비명을 내질렀다.

"맙소사! 그이한테 무슨 일이 있었나요?"

의사의 짤막한 설명을 듣고 난 여인은 그런 일이 벌써 몇 번이나 있었다며 오히려 의사를 안심시켰다.

"선생님, 그이를 침대에 눕혀야겠어요. 별일 아닙니다. 자고 일어나면 괜찮아질 거예요."

의사가 말했다.

"남편 분이 말씀을 제대로 하실 수 있을지 잘 모르겠군요."

"아, 술을 조금 마셔서 그렇지 다른 문제는 없을 거예요. 몸을 가볍게 한다고 저녁식사는 거르고 독한 술만 두 잔 들이켠 탓이죠. 선생님도 아시겠지만 독한 술이 몸을 풀어주긴 하지만 사고나 언어 능력에는 지장을 주잖아요. 저 나이에 춤을 추러 다니는 것 자체가 무리죠. 저이는 한 번도 사리 판단을 제대로 한 적이 없어요. 그게 절망스러워요!"

의사가 놀라며 물었다.

"나이도 많으신 분이, 왜 이런 식으로 춤을 추러 다니시는 거죠?"

어깨를 들썩이던 그녀는 조금씩 노여움이 차오르는지 어느새 얼굴이 붉게 상기되었다.

"그러게요! 왜 그럴까요! 가면을 쓰면 자기를 젊게 보니까 그렇겠죠. 아가씨들이 놀기 좋아하는 젊은이로 착각하고 다가와 음탕한 말로 수작을 부리기 때문이겠죠. 그러면 향수 냄새와 분내와 머릿기름 냄새를 맡으며 추잡하게 살을 부벼댈 수 있을 테니까요……. 정말 말도 안 되는 일이지요! 의사 선생님, 저인 40년간 이렇게 살아왔어요……. 그래도 저이한테 병이 생기지 않게 하려면 우선은 재워야 해요. 이런 이야기를 듣고도 선생님께서 도와줄 마음이 생기실까요? 저이가 저러고 있으면 나 혼자선 속수무책이랍니다."

긴 백발을 늘어트린 늙은 남자는 취한 모습으로 침대에 삐딱하게 앉아 있었다. 여인은 그런 남자를 측은하면서도 화가 난 표정으로 바라보며 다시 말했다.

"보세요. 저 나이에 비하면 잘생긴 얼굴이죠. 그런데도 사람들한테 젊게 보이려 호색한으로 변장하는 거예요. 얼마나 가엾은 일인가요! 선생님이 보기에도 잘생긴 얼굴 아닌가요? 잠깐요, 저이를 눕히기 전에 한번 보여드릴게요."

여인은 대야와 물 단지, 비누, 짧은 빗, 브러시를 테이블 위에 갖다 놓더니 브러시를 들고 침대로 가서 술에 취해 고개를 푹 수그리고 있는 남자의 헝클어진 머리카락을 뒤로 빗어 넘겼다. 화가가 모델을 매만지듯 머리카락을 구불구불하게 만들어 목덜미로 흘러내리게 한 뒤 여인은 멀찍이 떨어져 남자를 지그시 바라보았다.

"늙은 남자치곤 봐줄 만하죠?"

"아주 잘생기셨군요."

여인의 행동에 무척 흥미진진해진 의사가 고개를 끄덕이며 말했다. 그러자 그녀가 말했다.

"스물다섯 살 때 저이의 모습을 보셨으면 더 그런 생각이 드셨을 텐데! 이제 저이를 침대에 눕혀야겠어요. 독한 술 때문에 속이 부대낄 거예요. 선생님, 저이 팔소매를 빼 주시겠어요? 조금 더 높이요……. 그렇게요……. 네, 됐어요……. 이번엔 바지를……. 잠깐만, 신발부터 벗겨야겠군요……. 됐어요. 잠자리를 만들어야 하니까 저이를 일으켜 세워주세요……. 그렇게요……. 이젠 저이를 함께 눕힐까요……. 조금 이따 저이가 내 잠자리를 내줄 거라고 생각하신다면 오산입니다. 난 아무 데서나 잘 만한 곳을 찾는 수밖에 없어요. 저인 나 따윈 안중에도 없으니까요. 쾌락가들이란 항상 저런 식이랍니다!"

가련한 남자는 침대에 눕히자 감았던 눈을 번쩍 뜨더니 이내 마음 푹 놓고 잠을 청하기로 작정한 듯 다시 눈을 감았다.

점점 커져가는 호기심으로 남자를 살펴보던 의사가 물었다.

"그럼 남편께선 젊은이 흉내를 내려고 가면무도회에 가시는 거로군요?"

"네, 전적으로 그렇습니다. 저인 무도회장에서 밤새 춤을 추고 아침에 돌아올 땐 늙은이가 아니라고 생각하는 거예요. 젊음에 대한 아쉬움 때문에 그런 행동으로 자기한테 가짜 모습을 덧씌우는 거지요. 맞아요, 다신 예전으로 돌아갈 수 없다는 회한이 들면서 여자들한테 환심도 얻지 못할 거라는 안타까움이 생긴 거겠죠!"

잠든 남자는 이내 코를 골기 시작했다. 여인은 연민에 찬 표정으로 그를 바라보며 말했다.

"저이한테도 좋은 시절이 있었답니다! 과거에 제일 멋지던 신사도, 자기 분야에서 가장 잘나가던 일인자도, 장군도 지금 모습을 보면 믿기 힘들 때가 있지요."

"남편 분이 어떠셨는데요?"

"오, 저이가 한창 잘나갔을 때 만나본 적이 없는 선생님은 내 이야기를 들으면 아마 깜짝 놀라실 겁니다. 저이는 무도회장에서 처음 만났어요. 댄스파티라면 어디든 찾아다니는 사람이었으니까요. 저이를 처음 본 순간, 낚싯줄에 걸린 물고기처럼 난 마음을 사로잡히고 말았어요. 바라보고만 있어도 눈물이 날 만큼 정말 잘난 남자였거든요. 가무잡잡한 갈색 피부에 머리는 곱슬이고, 까맣고 커다란 눈망울을 가졌었죠. 진짜 꽃미남이었답니다. 그날 저녁 저이를 만난 이후로 나는 단 하루도 그 곁을 떠난 적이 없어요. 온갖 풍파를 다 겪었는데도요! 저인 내게 모진 짓을 정말 많이 했답니다!"

의사가 물었다.

"두 분은 결혼하셨나요?"

여인은 즉시 대꾸했다.

"네…, 결혼하지 않았다면 다른 남자들처럼 저이도 날 놓아주었겠지요. 나는 아내이자, 원하는 건 뭐든 다 해주는 하녀였어요. 저인 나를 많이 울렸어요. 저이가 보지 않는 데서도 난 숱하게 눈물을 흘렸답니다! 바람피운 이야길 내게 아무렇지도 않게 하곤 했으니까요……. 그런 이야길 듣는 게 얼마나 고통스러운지 저인 이해하지 못했어요."

"남편 분은 어떤 직업을 갖고 계셨죠?"

"그 이야기 하는 걸 깜박 잊었군요. 저이는 〈마르텔〉의 수석 미용사였어요. 시간당 10프랑의 특급 대우를 받는 헤어디자이너였죠……."

"마르텔이라면……? 사람 이름입니까?"

"오페라극장에 있는 최고급 헤어숍 이름이에요. 손님들이 모두 여배우들이었어요. 돈 많은 여배우들은 하나같이 남편 앙브루아즈에게 머리를 맡겼고 거액의 팁을 주었어요. 그 돈으로 상당한 재산을 모을 수 있었죠. 그런데요! 여자들이란 다 똑같더군요. 남자가 마음에 들면 여자들은 모든 걸 퍼주려고 해요. 너무 쉽게 말이죠……. 그걸 납득하기가 너무 힘겨웠어요. 남편이 내게 모조리 이야기했으니까요……. 이야기하지 않고는 못 배겼어요……. 그런 일이 남자들에겐 더할 수 없는 기쁨을 주니까요! 어쩌면 바람을 피우는 것보다 떠벌리는 기쁨이 더욱 컸을지도 모르죠.

저녁에 돌아온 남편의 얼굴에 핏기는 없지만 눈빛이 반짝이고 행복한 표정을 짓고 있으면 난 어김없이 생각했어요. 또 다른 여자가 생겼구나, 하고요. 남편이 여자를 또 유혹한 게 틀림없다고요. 그럴 때마다 낱낱이 캐물어 나 자신을 괴롭히고 싶은 마음도 들었지만, 한편으론 아무것도 알고 싶지 않았어요. 그이가 이야길 꺼내면 차라리 아무 말도 못하게 입을 틀어막고 싶었어요. 그럼에도 남편의 말이 끝날 때까지 그이를 마주 보고 있었지요.

앞으로도 계속 그런 이야기를 할 테고, 또 그런 일을 저지르리란 걸 난 잘 알았어요. 그이의 태도에서 그런 낌새를 여실히 느낄 수 있었으니까요. '마들렌, 오늘 좋은 여자를 만났어'라고 말하며 나를 설득시키려 웃음 짓는 그이를 보면서 깨달았어요. 나는 모른 척했고, 그들 사이에 무슨 일이 있었는지 알고 싶지 않은 척 행동했어요. 난 묵묵히 내 할 일만 했죠. 식기를 갖다 놓고 식사를 가져와 남편과 마주 앉아야 했어요.

선생님, 그런 순간 어떤 기분이 드는 줄 아세요? 남편을 위해 내 몸 안에서 우정을 돌멩이로 마구 짓이기는 기분이 든답니다. 몹시도 아프게요. 하지만 그인 알아채지 못했어요. 알려고 하지도 않았죠. 여자들이 얼마나 자신을 좋아하는지 자랑하고 허세를 부리고 싶은 생각으로만 가득했으니까요……. 그런 이야길 할 사람이 나 말고 또 누가 있었을까요……. 이해가 되나요……? 나 말고 아무도 없었으니까요……. 그래서… 그이의 이야길 난 독처럼 삼켜야 했어요.

그이는 수프를 먹기 시작하며 곧바로 이야기를 꺼냈어요.

'다른 여자가 생겼어, 마들렌.'

나는 생각했어요. 맙소사, 제발 그만해요. 어쩜 이런 남자가 있을까! 내가 왜 저런 남자를 만났을까, 하고요. 남편은 계속 말했어요.

'게다가 아주 매력적인 여자더군…….'

희극이나 버라이어티쇼의 삼류배우들도 있었고, 연극에서 주인공 역을 맡는 유명 배우들도 있었죠. 남편은 여인들의 이름이며 재산이며 속속들이 다 말했어요……. 네, 선생님, 세세한 것까지 모조리 다 말하는 그이 때문에 내 마음은 찢어지는 것 같았어요. 했던 이야길 또 하고, 이 이야기 저 이야기 처음부터 끝까지 반복해서 늘어놓으며 얼마나 흐뭇해하던지요. 그이가 화를 낼까봐 난 웃는 시늉만 했답니다.

어쩜 그 모든 게 사실이 아니었을지도 몰라요! 그런 이야길 아무렇지도 않게 꾸며낼 만큼 남편은 거드름피우는 걸 좋아했으니까요! 아니, 모든 이야기가 사실이었을지도 몰라요! 그런 이야길 늘어놓은 밤엔 피곤하다며 저녁을 먹고 일찍 잠자리에 들고 싶어 했어요. 선생님, 우린 밤 11시나 돼서야 저녁식사를 했답니다. 저녁마다 손님들이 몰려드는 통에 그인 단 한 번도 일찍 들어온 적이 없거든요.

남편은 연애담을 다 들려주곤 시가를 피우며 방 안을 서성거렸어요. 당시 그인 곱슬머리에 콧수염을 기른 아주 멋진 남자였지요. 내 생각에 그랬다는 겁니다. 여하튼 그런 남편 때문에 난 미칠 지경이었어요. 어째서 다른 여자들은 그런 이야길 듣고도 돌아버리지 않는 걸까요? 아, 난 울며불며 소리치고 달아나고 싶었어요. 그이가 줄담배를 피우는 동안 혼자 식탁을 치우면서 창밖으로 뛰어내릴까 하는 생각마저 들 정도였죠. 남편은 입을 쩍 벌려 하품을 하면서 오늘 하루 얼마나 피곤하게 보냈는지 내게 알리고 싶어 했어요. 잠자리에 들기 전 두 번 세 번씩 반복해서 말하곤 했지요.

'오늘 밤엔 잠이 잘 올 것 같은데!'

남편을 원망하지는 않았어요. 내가 얼마나 고통스러운

지 정작 그는 알지 못했으니까요. 아니, 알 턱이 없었겠죠! 꼬리를 활짝 펼치는 공작새처럼 여자들에게 인기가 있다는 자화자찬을 늘어놓는 걸 즐기는 사람이었으니까요. 심지어 모든 여자들이 자신을 쳐다보고 갈망하고 있다고까지 여겼죠. 그러던 남편도 나이를 먹자 힘들어했어요.

오, 선생님, 맨 처음 그이의 새치머리를 발견했을 때 난 숨이 멎을 것처럼 충격을 받았답니다. 그런데 시간이 조금 지나자 가슴속에서 환희가 일더군요. 조금 비겁한 환희였지만, 그 환희는 너무도 컸답니다! 난 생각했죠. 이제 다 끝났어, 다 끝났다고……. 드디어 감옥에서 빠져나오는 것만 같더군요. 다른 여인들이 그이를 찾지 않으면 이제부턴 나 혼자 남편을 독차지하게 될 테니까요.

어느 날 아침, 침대에 누워 있을 때였죠. 자고 있는 남편을 깨우려 고개를 숙인 순간, 관자놀이로 구불구불 흘러내린 머리칼 사이에서 은빛 실오라기처럼 반짝거리는 새치를 발견한 겁니다. 얼마나 놀랐던지요! 그런 일이 생기리라곤 상상도 못했으니까요! 처음엔 그이가 보지 못하게 뽑아버릴까도 생각했죠! 근데 자세히 보니 조금 위쪽으로 또 다른 새치가 있는 거였어요. 새치가 아니라 흰머리가 나기 시작하는 거였지요! 그이한테 흰머리가 생기다니!

심장이 쿵쾅거리며 진땀이 나더군요. 속으로 얼마나 통쾌하던지요!

그런 생각을 하는 나 자신이 추접하게 여겨졌지만, 그날 아침 남편을 깨우지 않고 나는 신이 나서 집안일을 했어요. 그리고 그이가 눈을 떴을 때 다가가 말했지요.

'당신이 자고 있는 동안 내가 뭘 발견했는지 알아요?'

'아니.'

'당신 흰머리요.'

내가 살짝 애정을 담아 말했을 때 남편은 도저히 믿기지도, 받아들이지도 못하겠다는 듯 주저앉더군요. 그이는 사나운 표정으로 내게 쏘아붙였어요.

'말도 안 돼!'

'맞다니까요. 왼쪽 관자놀이 쪽에 새치가 네 개나 있어요.'

그이는 침대에서 뛰어내리더니 거울로 달려갔어요. 남편이 새치를 찾아내지 못해, 내가 처음 발견한 새치와 맨 아래 곱슬거리는 새치까지 보여주며 말했죠.

'당신이 살아온 날들을 생각하면 놀랄 일도 아니죠, 뭐. 2년 후면 온통 흰머리가 될걸요.'

의사 선생님, 내 말대로 정말 2년이 흐르자 남편은 못 알아볼 정도가 되었어요. 남자들은 한순간에 변하더군요! 여전히 잘생긴 남자였지만, 그인 젊음의 싱그러움을 잃어버리고 말았어요. 여자들도 더는 그이를 찾지 않았죠.

아, 그 시절 난 그 어느 때보다 힘겹고 고통스러운 시간을 보내야 했어요! 그이가 얼마나 내게 가혹하게 굴었는지요! 그인 삶의 낙을 잃어버렸고, 뜻대로 되는 일이 아무것도 없었어요. 헤어숍도 그만두고 모자가게를 냈지만 돈만 홀라당 날리고 말았죠. 배우가 되려고도 해봤지만 쉽지 않았어요. 그 후부터는 댄스홀을 전전하며 드나들기 시작했어요. 결국 그제야 정신을 차리고 조금 남은 재산이나마 지킬 마음을 먹게 되었죠. 그 돈으로 지금 그럭저럭 살아가고 있는 거랍니다. 그래도 마음은 편하니 그걸로 족해요! 한때 그이에게도 적잖은 재산이 있었다는 것만 말씀드리죠.

선생님, 이제 그이의 행동을 이해하시겠나요? 지금 남편을 지탱해주는 건 춤에 열광적으로 도취하는 것뿐입니다. 젊은이처럼 변장해서 향수와 분내를 맡으며 여인들과 춤을 춰야 하는 거죠. 그게 저 가엾은 양반의 모습이랍니다!"

감상에 젖은 여인은 코를 고는 남편의 모습을 쳐다보며 울먹였다. 그리고 살금살금 침대로 다가가 그의 머리에 입을 맞추었다.

의사는 이 별난 부부에게 딱히 할 말을 찾지 못한 채 그만 자리에서 일어나 떠날 준비를 했다. 의사가 집을 나서려던 찰나에 여인이 물었다.

"어째 됐든 선생님 주소를 알려주시겠어요? 남편이 많이 아프면 선생님을 찾아뵐게요."

_1889년, 〈에코 드 파리〉에 발표된 작품

목걸이

운명의 실수처럼 평범한 샐러리맨의 집안에서 태어난 예쁘고 매력적인 한 여인이 있었다. 가져갈 지참금도, 물려받을 유산도 없었던 그녀는 집안 좋고 부유한 남자로부터 청혼을 받을 형편조차 못 되었다. 그래서 결국 교육부에서 일하는 말단 공무원과 해치우듯 결혼해버렸다. 화려한 장신구 하나 없이 늘 수수한 차림이었던 그녀는 남들에 비해 뒤처지는 것 같아 불행하기만 했다.

여자들의 출신이나 집안을 대신할 만한 것은 오직 미모와 우아한 매력밖에 없었다. 천성적인 섬세함이라든가 본능적인 우아함, 재기와 부드러움만이 여자들의 서열을 매길 수 있는 유일한 조건이었다. 똑같은 조건의 평범한 여자라도 그러한 기질을 갖추고 있다면 얼마든지 귀부인이 될 수 있었다.

그녀는 자신이 온갖 우아함과 화려함을 누리기 위해 태어난 여자라는 생각을 한시도 지울 수 없었다. 그런데 이와 전혀 다른 현실에 맞닥뜨릴 때면 고통스러운 탄식이 절로 흘러나왔다. 집은 초라하고, 벽들은 파손되어 있고, 의자는 낡아서 삐걱대고, 양탄자는 지저분하기 짝이 없었다. 비슷한 수준의 삶을 살아가는 여느 여자들이 그냥 지나칠 법한 것들에도 그녀는 유난히 진저리를 치며 분개했다. 초라한 집 안을 쓸고 닦는 부르타뉴 출신의 어린 가정부를 보면서도 서글픈 회한이 밀려들어 뜬금없는 꿈들이 격렬하게 되살아나곤 했다.

그녀는 톡톡한 동방풍의 벽지에 긴 청동 촛대로 조명을 밝히고, 짧은 반바지를 입은 하인 둘이 난방 때문에 갑갑해진 열기로 졸음을 못 이겨 넓은 안락의자에서 깜박 잠을 청하기도 하는, 그런 조용하고 아늑한 현관 입구를 꿈꾸었다. 실크벽지로 장식되어 있고, 엄청난 가격의 골동품들과 세련된 가구들이 놓인 커다란 응접실도 꿈꾸었다. 그리고 여인들에게 인기가 많은 남자들을 불러놓고 친한 친구들과 몇 시간이고 잡담을 나눌 수 있는, 향내 나고 아기자기하게 꾸며진 거실을 꿈꾸기도 했다.

현실로 돌아온 그녀는 저녁을 먹기 위해 사흘째 똑같은 식탁보가 덮여 있는 둥근 테이블 앞에 남편과 마주 앉았다. 남편은 테이블 위에 차려진 음식을 보고 반색하며 말했다.

"맛있는 야채 고깃국이로군! 나는 이 국이 최고로 맛있다고……."

그녀는 다시금 우아한 저녁만찬을 꿈꾸었다. 화려한 은그릇들이 놓여 있고, 요정의 숲 한가운데 신기한 새들과 전설의 인물들이 모여 사는 성채가 그려진 벽장식을 지그시 바라보며, 근사한 접시들에 담겨 나오는 분홍빛 잉어 살코기와 들꿩 날개 같은 고급 요리를 먹으면서, 스핑크스의 미소를 지으며 속삭거리기도 하고 귀 기울여 듣기도 하는 고상한 대화 장면을 떠올리는 것이었다.

가만히 생각해보면 변변한 옷이나 보석 하나 갖고 있지 않았건만, 그녀는 유난히 그런 것들을 좋아했다. 아니, 그런 것들을 위해 태어났다고 느껴질 정도였다. 그녀는 사람들에게 환심과 매력과 인기를 끌며 즐기면서 살고픈 열망이 컸다.

그녀에게는 수녀원 학교를 다닐 때 알게 된 부유한 친구가 있었는데, 그녀는 그 친구를 만나기 꺼려 했다. 그 친구를 만나고 돌아오면 항상 자신이 너무나 비참하게 느껴져 며칠 동안 슬픔과 후회와 절망과 비탄에 빠진 채 눈물만 흘리게 되었기 때문이다.

그러던 어느 날 저녁, 남편이 손에 대봉투 하나를 들고 거드름을 피우며 돌아왔다.

"자, 당신을 위해서 가져온 거야."

그녀는 재빨리 봉투를 뜯어 그 안에 들어 있는 초대장을 꺼내보았다. 초대장에는 이렇게 적혀 있었다.

"교육부 장관 조르주 랑포노 내외는 1월 18일 월요일, 장관 관저에서 파티를 열 예정입니다. 루아젤 부부께서 이 자리에 참석해주시면 더없는 영광이겠습니다."

아내가 틀림없이 기뻐할 거라고 생각했던 남편의 예상과 달리 그녀는 초대장을 테이블에 획 집어던지며 화를 냈다.

"그래서 날더러 어쩌라는 거예요?"

"여보, 나는 당신이 좋아할 거라고 생각했어. 당신, 아직까지 파티에 가본 적 없잖아. 이런 멋진 기회가 또 어디 있어! 그 초대장을 얻으려고 엄청 애를 먹었다고. 모두들 가고 싶어 해서, 정말이지 귀하게 얻은 거라고. 직원들한테는 몇 장 돌아가지도 않았어. 거기 가면 높으신 분들도 모

두 보게 될 거라고.”

그녀는 잔뜩 화가 난 눈으로 남편을 노려보다 참지 못하고 쏘아붙였다.

“글쎄, 뭘 걸치고 거길 가냐고요?”

미처 거기까지 생각 못한 남편이 우물쭈물 말했다.

“당신, 연극 보러 갈 때 입는 옷 있잖아. 내가 보기엔 그 옷이 잘 어울리던데…….”

이때 갑자기 눈물을 흘리는 아내의 모습에 당황한 남편은 말문이 막혔다. 두 줄기 굵은 눈물방울이 그녀의 눈가에서 입가로 천천히 흘러내렸다. 그는 어쩔 줄 몰라서 더듬거리며 물었다.

“당신, 왜 그래? 무… 무슨 일이야?”

그녀는 슬픔을 애써 누르고 뺨에 흐르는 눈물을 닦아내며 대꾸했다.

“아무 일도 아니에요. 그냥 마땅히 입고 갈 옷이 없으니 파티에 못 가겠구나 싶어서 그랬어요. 그 초대장은 옷 많은 부인과 가시라고 다른 동료 분에게 주세요.”

그 말을 듣고 미안해진 남편이 말했다.

“이봐요, 마틸드. 파티에서 입을 적당한 옷 한 벌 맞추는데 얼마나 들지? 다른 때도 입을 수 있는 아주 심플한 옷으로 말이야."

그녀는 잠시 생각을 더듬었다. 가격을 따져보며 얼마라고 해야 남편이 일언지하에 거절하지 않을지 고심했다. 검소한 말단직원인 남편이 기겁해 탄성을 내지를 수도 있는 일이었다.

이윽고 그녀가 주저하며 말했다.

"정확히는 모르겠지만, 400프랑 정도면 될 것 같긴 해요."

남편의 얼굴이 약간 창백해졌다. 올 여름 일요일마다 낭테르 들판으로 몇몇 친구들과 종달새 사냥을 가기로 약속했는데, 그때 쓸 엽총과 사냥 부품들을 사려고 모아둔 돈이 딱 그 액수였다. 하지만 그는 수락하기로 했다.

"그럼 그렇게 해. 400프랑을 줄 테니까 멋진 드레스 한 벌을 장만하도록 해요."

드디어 파티 날이 다가왔다. 파티에 입고 갈 멋진 드레스를 장만했는데도 루아젤 부인은 우울하고 초조하고 불안해 보였다. 저녁에 집으로 돌아온 남편이 물었다.

"무슨 일 있어? 한 3일 전부터 당신 안색이 안 좋은데."

그녀가 대답했다.

"보석도, 패물도 아무것도 없으니 난감해서 그래요. 몸

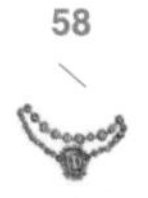

에 아무것도 두르지 않고 가면 초라해 보일 거예요. 그럴 바엔 차라리 파티에 가지 않는 게 낫겠어요."

남편이 다시 말했다.

"꽃을 달고 가면 자연스럽지 않을까. 이런 계절엔 꽃이 아주 근사해 보인다고. 10프랑이면 화사한 장미꽃 두세 송이는 살 수 있을 텐데."

하지만 그녀는 전혀 설득될 기미가 안 보였다.

"싫어요……. 잘 차려입은 여자들 틈바구니에서 빈티를 내는 것처럼 창피스러운 일은 없어요."

이때 남편이 큰소리로 말했다.

"당신도 참, 바보 같긴! 포레스티에 부인이 있잖아. 친구니까 찾아가서 보석 좀 잠깐 빌려달라고 해봐요. 그 부인하곤 꽤 친한 사이니까 그 정도 부탁은 해도 되잖아."

그녀는 환호성이 절로 나왔다.

"그렇네요. 왜 그 생각을 못했을까."

다음 날 그녀는 친구의 집에 찾아가 고민을 털어놓았다. 포레스티에 부인은 거울 달린 옷장에서 커다란 궤짝을 꺼내오더니 루아젤 부인 앞에 펼쳐놓으며 말했다.

"자, 직접 골라봐."

그녀는 먼저 반지들을 둘러본 다음 진주 목걸이와 베네

치아산 십자가를 살펴보았다. 이어 감탄이 절로 흘러나올 만큼 잘 만들어진 금과 보석들을 눈여겨보았다. 거울 앞에서 장신구들을 걸쳐보던 그녀는 선뜻 벗어서 돌려주지 못한 채 머뭇거리다가 물었다.

"다른 건 없니?"

"물론 더 있지. 어느 게 마음에 드는지 네가 직접 골라 보렴."

순간 까만 새틴 상자 속에 든 찬란하고 화려한 다이아 목걸이를 발견한 그녀는 주체할 수 없는 욕망에 심장이 쿵쾅대며 집어 드는 손길이 떨렸다. 그녀는 드레스의 깃을 세워 목걸이를 두르고 거울 앞에서 황홀한 듯 자신을 바라보았다.

불안감에 찬 그녀가 머뭇거리며 물었다.

"이걸 빌려줄 수 있겠니? 이거 하나면 돼."

"빌려주고 말고. 그렇게 해."

그녀는 친구의 목을 격하게 끌어안으며 입을 맞추고는 보석을 들고 도망치듯 집으로 돌아왔다.

드디어 파티 날이 되었다. 루아젤 부인은 그 어떤 여인보다도 아름답고 우아하고 상냥했으며, 기쁨에 겨워 입가에서는 미소가 가시질 않았다. 그녀의 인기는 그야말로 대

단했다. 뭇 남성들이 그녀를 쳐다보았고, 그녀의 이름을 물었으며, 그녀와 인사를 나누고 싶어 했다. 교육부 직원들도 하나같이 그녀와 춤추기를 원했고, 심지어 장관조차 그녀를 눈여겨보았다.

그녀는 즐거움에 도취해 열정적으로 춤을 추었다. 미모가 승리를 거둔 듯했고, 인기에 대한 긍지를 느꼈으며, 뭇 남성들의 찬사와 경탄 속에서 구름에 붕 뜬 것 같은 행복감이 일었다. 다른 생각은 아무것도 들지 않았다. 단지 마음속에서 감미롭게 차오르는 완벽한 승리감에 잊고 있던 욕망들이 모조리 깨어나는 듯했다.

루아젤 부인이 즐거움을 만끽하고 있는 동안 남편은 자정 무렵부터 다른 세 명의 남자들과 함께 한적한 거실에서 눈을 붙이고 있었다. 그러다 새벽 네 시가 다 되어서야 다 같이 밖으로 나왔다.

남편은 들고 온 겉옷을 그녀에게 걸쳐주었다. 아내가 평소 입던 옷이라 무도회장에서의 우아한 드레스와는 격이 다르게 수수했다. 민망함을 느낀 그녀는 고급 모피 외투로 몸을 감싼 여인들이 알아챌까봐 재빨리 빠져나오려 했다.

이때 루아젤이 서두르는 아내를 붙잡았다.

“기다려. 이대로 밖에 나가면 감기에 걸릴 거야. 내가 마

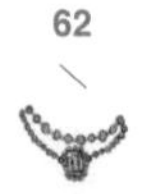

차를 불러올게."

하지만 그녀는 남편의 말을 듣지 않고 다급히 층계를 내려갔다. 거리로 나온 두 사람은 마차를 잡으려 멀리 지나가는 마부들을 향해 소리쳤지만 번번히 놓치고 말았다.

그들은 하는 수 없이 추위에 떨며 센 강 쪽으로 걸어 내려갔다. 이윽고 강둑에 이르렀을 때, 낮에는 파리 시내에서 구질구질한 외관을 드러내기 창피한 듯 밤에만 다니는 낡은 야간마차 한 대를 발견했다.

마차가 마르티르 거리의 현관 앞에서 내려주어 두 사람은 맥없이 쓸쓸하게 집으로 올라갔다. 그녀는 비로소 화려한 파티가 끝났다는 사실이 실감났다. 한편 남편은, 내일은 열 시까지 출근해야겠다고 생각하고 있었다.

집으로 돌아온 그녀는 거울 앞에서 방금 전 누렸던 영광을 다시 한 번 느껴보기 위해 어깨에 걸치고 있던 겉옷을 벗었다. 그 순간 불현듯 그녀가 비명을 내질렀다. 목에 걸고 있던 목걸이가 감쪽같이 사라진 것이었다!

옷을 반쯤 벗고 있던 남편이 물었다.

"무슨 일이야?"

그녀는 넋이 나간 얼굴로 남편을 돌아보았다.

"내… 내가 목에 걸고 있던… 포레스티에 부인의 목걸

이가 보이질 않아요."

남편도 정신 나간 사람처럼 벌떡 일어섰다.

"뭐라고! 어쩌다! 그럴 리 없잖아!"

그들은 드레스와 외투와 옷 주머니까지 샅샅이 뒤져보았지만 목걸이는 어디에도 없었다.

남편이 물었다.

"무도회장에서 나올 때까진 하고 있었던 게 확실해?"

"그래요, 관저 현관에서 분명히 목걸이를 만졌다고요."

"길에서 잃어버렸다면 목걸이가 떨어지는 소리를 들었을 텐데……. 그럼 마차 안에서 잃어버린 게 틀림없어."

"그런 것 같네요. 당신, 마차 번호를 봐뒀나요?"

"아니, 당신은?"

"나도 보지 못했어요."

두 사람은 경악한 표정으로 서로를 바라보았다. 그것도 잠시, 마침내 루아젤이 다시 옷을 입으며 말했다.

"걸어왔던 길을 다시 차근차근 둘러봐야겠어. 혹시 목걸이를 찾을지도 모르잖아."

남편이 서둘러 집을 나섰다. 루아젤 부인은 파티에서 입었던 드레스도 벗지 않은 채 불도 피우지 않은 방 의자에 털썩 주저앉아 있었다. 침대에 누울 기력조차 없었다.

남편은 아침 일곱 시경에야 돌아왔지만 아무것도 찾지 못했다. 그는 현상금을 걸기 위해 경찰서와 신문사를 찾았고, 마차를 임대하는 회사에도 가보았다. 조금이라도 희망의 여지가 보이는 곳이라면 어디든 찾아갔다.

이 끔찍한 재앙 앞에서 혼비백산한 루아젤 부인이 할 수 있는 것은 온종일 남편을 기다리는 일뿐이었다. 루아젤은 창백하고 퀭한 얼굴로 저녁이 되어서야 돌아왔다. 빈손인 채로 그가 말했다.

"당신 친구한테 편지를 쓰는 게 낫겠어. 목걸이 고리가 부러져 수선을 해야 한다고 말이야. 그 사이 해결해볼 시간을 벌 수 있잖아."

그녀는 남편이 불러주는 대로 받아썼다.

그렇게 일주일이 지나자 부부는 모든 희망을 잃었다. 그 사이 5년은 늙어버린 것 같은 루아젤이 결심한 듯 말했다.

"똑같은 목걸이를 사서 주는 방법을 생각해봐야겠어."

이튿날 그들은 목걸이가 들어 있던 상자에서 보석상 상호를 알아내어 그리로 찾아갔다. 보석상 주인은 장부책을 살펴보더니 이렇게 말했다.

"그 목걸이를 판 곳은 저희 가게가 아닙니다, 부인. 저흰 상자만 드린 것 같군요."

그들은 별 수 없이 기억을 더듬으며 그 목걸이와 똑같은 것을 찾느라 이 보석상 저 보석상을 헤매고 다녔다. 둘 다 서글프고 불안한 나머지 아픈 기색마저 엿보였다.

한참을 돌아다닌 끝에 드디어 팔레 루아얄의 보석상에서 그들이 찾는 것과 아주 똑같아 보이는 다이아몬드 목걸이를 발견했다. 가격이 4만 프랑이나 하는 그 목걸이를 보석상은 3만 6천 프랑까지 깎아주겠다고 했다.

그들은 보석상에게 사흘 동안만 팔지 말고 기다려달라고 청하고 나서 만약 2월 말까지 잃어버린 목걸이를 찾게 되면 이 목걸이를 3만 4천 프랑에 되파는 조건을 내걸었다.

루아젤은 그의 아버지가 유산으로 남긴 1만 8천 프랑의 돈을 갖고 있었다. 나머지 돈은 어떻게든 빌려볼 생각이었다. 그는 이 사람에게서 1천 프랑, 저 사람에게서 500프랑, 여기서 5루이, 저기서 3루이씩 돈을 빌리고 다녔다. 빌린 돈에 대한 차용증을 쓰고, 막대한 저당을 잡히고, 고리대금업자건 사채업자건 가리지 않고 다 만났다.

그는 인생에서 목표로 하던 모든 것을 내걸고, 갚을지 장담할 수 없는 위험을 무릅쓰고서 차용증에 서명을 했다. 앞날에 대한 불안, 그에게 닥칠 비참한 삶, 또 물질적인 궁핍과 정신적인 고통을 예상하며 3만 6천 프랑을 보석상의 계산대 위에 올려놓고서 새로운 목걸이를 손에 넣을 수 있었다.

마침내 루아젤 부인은 새 목걸이를 들고서 포레스티에 부인을 찾아갔다. 그러자 포레스티에 부인이 언짢은 투로 말했다.

"좀 일찍 갖다 주지 그랬어. 내가 필요했을 수도 있잖니."

다행히 포레스티에 부인은 보석 상자를 열어보지 않았다. 행여 열어보면 어쩌나 루아젤 부인은 가슴을 졸이고 있었다. 목걸이가 바뀐 사실을 알았다면 그녀는 무슨 생각을 했을까? 뭐라고 했을까? 자신을 도둑 취급 하지나 않았을까?

루아젤 부인은 궁핍한 삶이 얼마나 끔찍한지 뼛속 깊이 느끼게 되었다. 그래서 이 엄청난 빚을 반드시 갚고 말겠다고 한순간 비장하게 결심했다. 그녀는 하녀도 내보내고, 거처도 옮겨 지붕 밑 다락방으로 세를 얻어 들어갔다.

집안일은 고되고, 부엌일은 해도 해도 끝이 없다는 것을 그녀는 새삼 깨달았다. 분홍빛 손톱이 망가지도록 기름때 묻은 사기그릇들과 냄비 바닥을 박박 문질러 설거지를 했다. 더러운 세탁물과 셔츠와 걸레도 직접 손빨래를 해서

줄에 널었다. 아침마다 쓰레기를 버리러 내려간 김에 물을 길어서 올라올 때에는 층계마다 멈추어 숨을 몰아쉬어야 했다. 서민 여인네들처럼 아무 옷이나 걸치고서 팔에 장바구니를 낀 채 과일가게와 식료품점과 정육점을 들러, 돈 몇 푼 아껴보겠다고 값을 깎다 험한 소리를 듣기도 하며 한 푼씩 모아갔다. 매달 차용증에 적힌 빚을 갚아갔지만, 새로 차용증을 써서 시간을 벌어야 할 때도 있었다.

남편도 쉼 없이 일했다. 저녁에는 상인들의 회계장부를 정리해주고, 밤에도 틈만 나면 장당 얼마 안 되는 돈을 받고 서류를 베껴 써주는 일을 했다.

그렇게 10년의 세월을 보낸 후에야 그들은 비로소 모든 빚을 청산했다. 고리대금 이자와 밀린 이자들까지도 싹 다 갚았다.

루아젤 부인은 어느새 폭삭 늙어 있었다. 쪼들리는 집안 살림 탓에 빗질도 잘 안 한 머리에, 비뚜름하니 돌아간 치마를 입은 강인하고 굳세고 억척스러운 여인이 되어버린 것이었다. 그녀의 손은 빨갛고 거칠었다. 그녀는 귀청이 따갑도록 크게 말했고, 물을 휙휙 뿌려가며 마룻바닥을 닦았다. 하지만 이따금 남편이 출근하고 나면 창가에 앉아 그 옛날 무도회가 있었던 저녁 파티를 떠올리곤 했다. 그날 그녀는 얼마나 아름답고 뭇사람들의 찬사를 받았던가.

그 목걸이를 잃어버리지만 않았다면 어땠을까? 정말 모를 일 아닌가? 인생이 기묘하게 한순간 바뀌어버릴 줄 누가 알았겠는가? 사소한 것 하나 때문에 신세를 망치기도 하고 구제를 받는 기분이 들기도 하다니!

어느 일요일, 그녀는 일주일 동안의 고된 살림살이에서 벗어나 샹젤리제도 돌아볼 겸 외출을 했다. 그런데 불현듯 한 여인이 그녀의 눈에 들어왔다. 아이를 데리고 산보를 하는 그 여인은 다름 아닌 포레스티에 부인이었다. 포레스티에 부인은 여전히 젊고 아리땁고 매력적이었다. 루아젤 부인은 울컥해지는 것을 느꼈다.

'친구에게 말을 해야 할까? 물론 그래야 해. 이제 빚도 다 갚았는데 사실대로 이야기하지 못할 이유가 어디 있겠는가?'

그녀는 포레스티에 부인에게 다가갔다.

"잘 지냈어, 잔느?"

하지만 상대방은 그녀를 전혀 알아보지 못했다. 심지어 저런 차림새의 여인이 자신의 이름을 친근하게 부르는 것에 놀라는 눈치였다.

"저기…, 부인…, 누구신지요……. 저를 다른 사람으로 착각하신 모양이로군요."

"아니, 나 마틸드 루아젤이야."

친구가 크게 탄성을 내질렀다.

"어머나……! 가엾은 마틸드, 너 많이 변했구나!"

"그래, 마지막으로 널 본 이후로 정말 힘든 날들을 보냈어. 비참할 정도였지……. 그게 다 너와 관련된 일 때문이었단다!"

"나하고 관련된 일이었다니…, 무슨 말이야?"

"다이아몬드 목걸이, 기억하고 있지? 장관의 파티에 갈 때 너한테 빌렸던 것 말이야."

"물론이지. 그게 왜?"

"그걸 잃어버렸었거든."

"뭐라고! 분명히 네가 다시 가져왔잖니."

"그 목걸이와 아주 비슷한 다른 목걸이를 돌려줬던 거야. 그 돈을 갚는 데 10년이나 걸렸단다. 너도 알겠지만, 아무것도 없는 우리한테 그건 무척 힘겨운 일이었어……. 하지만 이젠 다 끝났어. 정말로 홀가분해."

포레스티에 부인이 걸음을 멈추고서 말했다.

"내 목걸이를 잃어버려, 대신 다른 다이아몬드 목걸이를 사서 돌려줬다는 이야기니?"

"그래, 눈치 못 챘구나? 두 개의 목걸이가 아주 똑같았지."

그녀는 순진하고도 우쭐한 기쁨의 미소를 지었다. 포레스티에 부인은 감정이 격해진 나머지 그녀의 손을 와락 잡으며 말했다.

"오, 가엾은 마틸드! 내 목걸이는 가짜였어. 고작 500프랑밖에 안 되는 거였단다!"

_1884년, 〈골루아〉 지에 발표된 작품

어린 병사

두 어린 병사는 언제나처럼 일요일 자유시간이 생기자마자 곧장 길을 나섰다. 병영 기지를 빠져나온 둘은 오른쪽으로 돌아서 행진훈련을 할 때처럼 빠른 걸음으로 쿠르브부아(프랑스 파리 외각의 방위 구역)를 가로질러 갔다. 일단 군부대에서 벗어나면 한결 속도를 늦춰 먼지가 풀풀 이는 비포장 간선도로를 따라 걸었다. 그 길로 가면 브종 마을이 나왔다.

둘 다 키는 작고 마른 편이었다. 그들이 입은 군용 외투는 팔소매가 손등을 덮을 만큼 길고, 품이 넓어 마치 사람이 옷 속에 파묻혀 있는 듯했다. 붉은색 반바지도 너무 풍덩해서 빨리 걸을 때에는 양다리를 벌려야 할 만큼 불편

했다. 깃털장식이 달린 원통 모양의 딱딱한 군모에 가려져 얼굴은 보이지도 않았다. 브르타뉴에서 온 이 두 병사의 얼굴은 야위고 초췌했지만, 고요하고도 온순한 파란색 눈동자에서는 동물적인 순수함마저 엿보였다.

둘은 길을 걷는 동안 아무런 이야기도 나누지 않았다. 잡담을 하는 대신 묵묵히 앞만 보며 걸었지만 그들은 똑같은 생각을 하고 있었다. 샹피우의 아담한 숲 어귀에서 고향의 향수를 느낄 수 있는 장소를 찾아낸 이후로는 어서 그곳에 가고 싶다는 생각뿐이었다.

콜롱브와 샤투로 갈라지는 지점에 이르자, 마치 나무 그늘에서 쉬어가듯 둘이 동시에 머리를 누르던 모자를 벗고 이마에 송송 맺힌 땀을 닦았다. 그리고 센 강을 보기 위해 언제나처럼 브종 다리에서 잠깐 멈추었다. 둘은 2, 3분가량 난간에 매달려 몸을 반쯤 수그린 채 가만히 강물을 굽어보았다. 가끔씩 작은 범선들의 비스듬히 기운 흰 돛들을 눈으로 쫓으며 아르장퇴이의 너른 강 연안을 유심히 바라보기도 했다. 그 풍경이 브르타뉴의 바다와 이웃 도시 반느의 항구와 모르비앙을 거쳐 먼 바다로 나가는 고기잡이 어선들을 떠올리게 했을지 모른다.

센 강을 건너자마자 둘은 먹을거리를 사러 정육점과 빵

집과 그 지방의 포도주를 파는 가게에 들렀다. 돼지순대 한 줄, 싸구려 빵 하나, 1리터짜리 질 나쁜 포도주 한 병을 손수건에 둘둘 말아 가져가는 게 전부였다.

마을을 벗어나면 둘은 느긋하게 터덜터덜 걸으며 이야기를 나누기 시작했다. 눈앞에는 나무 덤불숲이 듬성듬성 자리 잡은 메마른 벌판이 펼쳐져 있고, 그 벌판을 따라가면 숲이 나왔다. 그 작은 숲은 고향 케르마리방의 숲과 아주 닮아 있었다. 가장자리에 밀과 귀리가 심어진 좁은 길은 갓 수확한 푸릇푸릇한 작물들에 가려져 보이지 않았다. 그것을 볼 때마다 장 케르데랑은 뤽 르 가니덱에게 이렇게 말했다.

"플루니봉 근처하고 완전 똑같다."

"맞아, 완전 똑같아."

둘은 나란히 걸으며 고향 마을에서의 어슴푸레한 추억들을 떠올렸다. 그러면 하찮은 단풍잎처럼 언뜻언뜻 떠오르는 순수한 풍경들이 어느새 머릿속에 가득 차오르곤 했다. 그들은 밭의 한 귀퉁이나 울타리, 황무지가 끝나는 지점이나 갈림길, 화강암 십자가를 늘 새삼스럽게 바라보며 걸었다.

개인 소유지의 경계를 표시하는 돌멩이 부근에서도 매

번 발걸음을 멈추었다. 록뇌방에 있는 고인돌과 생김새가 비슷했기 때문이었다.

첫 번째 덤불숲에 다다르면 뤽 르 가니덱은 개암나무 가지를 꺾고서 고향 사람들을 생각하며 껍질을 천천히 벗기곤 했다. 대신 장 케르데랑이 음식을 들고 갔다.

이따금 뤽은 누군가의 이름을 말하며 어릴 적 이야기들을 꺼내었고, 몇 마디 말만 나누었을 뿐인데 둘은 오랜 생각에 잠기곤 했다. 정든 고향 땅은 멀리 있지만 그곳의 풍경과 소리, 늘 보던 수평선과 바다 공기에 실려오던 푸른 들판의 냄새가 차츰 마음을 사로잡으며 한달음에 고향으로 달려간 듯한 기분이 들었기 때문이었다.

어느새 파리 교외의 토지를 비옥하게 하는 퇴비 냄새에는 완전히 무뎌진 상태였다. 그들은 먼 바다의 소금기 밴 산들바람에 실려오는 활짝 핀 가시금작화의 꽃향내를 맡을 수 있었다. 강둑 너머로 작은 보트들이 돛을 펄럭이며 지나갈 때에는 고향 집의 파도가 넘실대는 곳까지 길게 펼쳐진 평야 뒤로 모습을 드러내던 연안선들의 돛을 보는 듯했다.

뤽 르 가니덱과 장 케르데랑은 흐뭇하면서도 울적한 기분에 사로잡혀 느릿느릿 걸음을 옮겼다. 감미로운 슬픔 탓이었다. 추억을 떠올릴 때마다 철창에 갇힌 짐승이 된 것처럼 그 슬픔이 천천히 파고들었다.

뤽이 나뭇가지의 껍질을 모두 벗겨내고 나면 둘은 함께 숲의 가장자리로 가서 점심 준비를 했다. 먼저 잡목들 사이에 숨겨둔 벽돌 두 개를 찾아내 나뭇가지에 불을 지피고 칼끝에 꿴 순대를 구웠다. 그러고 나서 빵 부스러기와 포도주 한 방울까지 모조리 먹어치운 다음, 둘은 풀 위에 가만히 앉아 있었다.

아무 말도 하지 않고 먼 곳을 바라보다가 눈꺼풀이 무거워지면 누가 먼저랄 것도 없이 미사를 볼 때처럼 깍지 낀 양손을 머리 뒤에 대고 들판의 개양귀비 옆으로 붉은 바지를 입은 두 다리를 죽 뻗고 누웠다. 둘이 벗어놓은 원통 모양의 군모와 외투에 달린 구리 단추가 작열하는 태양에 반짝거렸다. 그 때문에 그들의 머리 위를 맴돌던 종달새들의 소리마저 뚝 멈추었다.

정오쯤 되자 그들은 브종 마을 쪽을 향해 자꾸만 눈길을 돌리기 시작했다. 암소 모는 처녀가 나타날 시간이 되었기 때문이었다. 일요일마다 처녀는 젖을 짜고 나서 다시 암소를 외양간에 매어두기 위해 그들 앞을 지나치곤 했다. 마을에서 유일하게 풀을 뜯어먹는 암소였다. 암소는 조금 떨어진 숲 가로 가서 초원의 풀을 뜯어먹곤 했다.

들판을 혼자 뚜벅뚜벅 가로질러오는 처녀를 그들은 단박에 알아보았다. 이글거리는 태양 아래 흰 양동이가 번쩍 빛을 쏘아댈 때면 둘의 가슴은 설레었다. 둘이서 그녀에 대한 이야기를 나눈 적은 없었다. 이유는 알 수 없지만 처녀를 보는 것만으로도 그들은 반가운 마음이 들었다.

빨강머리에 키가 큰 처녀는 억척스러워 보였고, 햇빛이 쨍쨍한 날 뙤약볕에 그을려 피부가 검게 타 있었다. 용감한 처녀는 파리의 허허벌판을 겁 없이 잘도 누비고 다녔다.

늘 같은 자리에 앉아 있는 그들을 보고 언젠가 처녀가 먼저 말을 걸어왔다.

"안녕, 늘 여기에 오는가봐?"

뤽 르 가니덱이 용기를 내 대답을 하긴 했지만 자기도 모르게 더듬거렸다.

"으응, 쉬러 와."

그게 다였다. 그 다음 주 일요일에도 그녀는 두 사람을 알아보았고, 둘 다 수줍음이 많다는 것을 금세 알아챘다.

처녀는 누이같이 친절한 미소를 띠며 물었다.

"그렇게 앉아서 뭐 하는 거니? 풀이 자라는 걸 멀뚱히 보고 있는 거야?"

뤽이 활짝 웃으며 맞장구쳤다.

"아주 쬐금씩 자라는데?"

처녀가 대꾸했다.

"뭐라고! 쑥쑥 안 자란단 말이로군."

뤽은 계속 실실 웃으며 고개를 흔들었다.

"응, 풀이 쑥쑥 자라지는 않네……."

처녀는 그들 앞을 지나갔다 우유를 한가득 채운 양동이를 들고 다시 돌아와 걸음을 멈추고서 말했다.

"조금 마셔볼 테야, 고향 생각이 날걸?"

고향을 떠나온 처녀는 그들이 같은 지방 출신이라는 것을 직감적으로 느꼈다. 예감은 적중했다. 처녀가 넘겨짚자 둘 다 가슴이 먹먹해졌다.

처녀는 그들이 포도주를 담아왔던 1리터짜리 병 주둥이에 아슬아슬하게 우유를 따라주었다. 먼저 뤽이 한 모금 마셨다. 병째 마시면서 자기 몫을 넘기지 않았는지 수시로 확인하다가 장에게 병을 넘겼다.

처녀는 양동이를 발치에 내려놓고 양손을 허리춤에 얹은 채 두 사람 앞에 우두커니 서 있었다. 두 사람이 좋아하는 모습을 보는 것만으로도 처녀는 기뻤다.

이내 자리를 뜨면서 처녀가 큰소리로 말했다.

"그만 가야겠어. 일요일에 또 봐!"

둘은 눈앞에서 사라질 때까지 되도록 오래 그녀를 눈으로 좇았다. 키가 껑충한 처녀는 점점 멀어져 작아지더니 대지의 푸르름 속으로 사라져버렸다.

그 다음 주, 병영 기지를 떠나며 장이 뤽에게 말했다.

"맛난 것 좀 사가야 하지 않을까?"

암소 모는 처녀에게 줄 맛있는 것을 고르는 문제로 그들은 한참 동안 고민에 빠졌다. 뤽은 순대 한 줄이 좋겠다고 했고, 단것을 좋아하는 장은 각뿔 모양의 사탕을 사가자고 했다. 결국 장의 의견을 따르기로 하고 식료품 가게에서 흰색과 빨간색이 섞인 값싼 사탕을 샀다.

기다림에 마음이 조급해진 둘은 평소보다 빨리 점심식사를 마쳤다. 먼저 처녀를 알아본 장이 말했다.

"저기 왔다."

뤽이 재차 말했다.

"그래, 저기 왔다."

처녀는 먼발치에서 두 사람을 알아보고 씨익 웃더니 크게 소리쳤다.

"별일 없이 잘 지냈어?"

둘은 한목소리로 대답했다.

"그쪽은?"

그러자 처녀는 그들이 흥미를 느낄 만한 가벼운 이야기들을 늘어놓았다. 날씨가 어떻고, 작물 수확이 어떻고, 자신을 부리는 주인 내외가 어떻다는 둥…….

둘은 장의 주머니 속에서 말랑말랑 녹아들고 있는 사탕을 건넬 엄두를 내지 못했다. 그러다 마침내 뤽이 용기를 내어 우물쭈물 말했다.

"그쪽한테 주려고 뭘 가져왔어."

처녀가 물었다.

"그게 뭔데?"

얼굴은 물론 귓불까지 빨개진 장이 얄팍한 종이 봉지를 주머니에서 꺼내 처녀에게 내밀었다. 처녀는 양 볼이 볼록해질 정도로 사탕을 입에 잔뜩 넣고는 이쪽저쪽 굴려가며 먹기 시작했다. 두 병사는 너무나 기쁘고 감동한 나머지 처녀를 바로 앞에서 물끄러미 쳐다보았다. 곧바로 그녀는 암소의 젖을 짜러 갔다가 다시 돌아와 그들에게 또 우유를 건넸다.

둘은 일주일 내내 처녀 생각을 했고, 여러 차례 그녀에 관한 이야기를 나누었다. 또다시 일요일이 돌아왔다. 처녀는 두 사람 곁에 앉아 오랜 시간 잡담을 나누었다. 셋은 나란히 앉아 양손으로 무릎에 깍지를 낀 채 먼 곳을 쳐다보며 자신들이 태어난 마을에 얽힌 시시콜콜한 이야기들을 늘어놓았다. 저만치에서 암소가 축축한 콧구멍을 벌름대며 그녀를 향해 이따금 무거운 고개를 들어올렸다. 그들에게 발목이 잡힌 처녀를 쳐다보며 암소는 어서 오라는 듯 음매음매 긴 울음소리를 냈다.

그 후로 처녀는 두 병사와 빵조각을 나눠 먹기도 하고, 포도주도 조금씩 들이켜는 사이가 되었다. 자두가 익어가는 계절이라 처녀는 주머니에 넣어온 자두를 종종 둘에게 건네주었다. 브르타뉴에서 온 어린 병사들은 이제 처녀와 함께 있어도 수줍음을 타지 않았다. 어느새 두 마리의 새처럼 둘은 조잘대며 말이 많아졌다.

그러던 어느 화요일, 뤽 르 가니덱이 외출을 신청했다. 이전에는 한 번도 없던 일이었다. 뤽은 저녁 여섯 시가 다 되어서야 돌아왔다. 근심에 싸인 장은 친구가 왜 그런 식으로 외출을 했는지 알아내려 골머리를 앓았다.

그 다음 금요일, 뤽은 옆 침대를 쓰는 동료 병사에게 10수를 꾸어 또 외출 신청을 했고, 몇 시간 동안 외출할 수 있는 허가증을 받았다.

드디어 함께 산보하는 일요일이 돌아왔다. 길을 나서면서부터 뤽은 아주 익살맞았고 신바람이 나 있었다. 뤽은 완전히 딴사람 같았다. 장 케르데랑은 그의 행동을 납득할 수 없었다. 사실일 거라고 단정은 못해도 어렴풋하게 짚이는 구석이 있었다.

둘은 늘상 찾던 곳에 이를 때까지 서로 한마디도 하지 않았다. 늘 똑같은 장소에 앉다 보니 풀들이 납작하게 눌려 있었다. 그들은 천천히 점심을 먹었다. 실은 누구도 배가 고프지 않았다.

얼마 후 처녀가 모습을 나타냈다. 일요일이면 언제나 그랬듯이 그들은 멀리서 걸어오는 그녀를 물끄러미 바라보았다. 처녀가 아주 가까이까지 왔을 때 뤽이 벌떡 일어나 몇 발자국 다가갔다. 그녀는 양동이를 땅바닥에 내려놓고는 뤽과 포옹을 했다. 목에 팔을 두르고 그를 끌어안는 모습이 스스럼없어 보였다. 장이 곁에 있다는 것을 개의치도 않고, 그를 거들떠보지도 않았다.

가엾은 장은 어찌할 바를 몰라 우두커니 앉아 있었다. 너무나 혼란스러워 왜 마음이 뒤죽박죽인지, 왜 심장에 구멍이 뚫린 것 같은지 여전히 이해되지 않았다.

처녀는 뤽 곁에 앉아 재잘거리기 시작했다. 장은 두 사람을 쳐다보지 않았다. 그제야 친구가 왜 일주일 동안 두 번이나 외출을 나갔는지 짐작이 갔다. 상처를 받은 것처럼 쓰라린 슬픔이 일었다. 배신감에 마음이 찢어질 듯 아팠다.

그런 줄도 모르고 뤽과 처녀는 일어서더니 함께 암소를 외양간에 집어넣으러 갔다. 장은 그들을 눈으로 쫓으며 나란히 멀어져가는 모습을 줄곧 바라보았다. 친구의 붉은색 바지가 길 위에 선명한 점처럼 찍혀 있었다. 나무망치를 거머쥐고 짐승을 매둘 말뚝을 박는 일도 다름 아닌 뤽이 하고 있었다.

처녀가 허리를 수그려 암소의 젖을 짜는 동안 뤽은 툭 불거져 나온 소의 등을 무심한 듯 쓸어주고 있었다. 그러더니 그 두 사람은 양동이를 풀밭에 놓아둔 채 숲 속 깊숙이 들어갔다.

방금 그들이 들어간 숲의 이파리들이 장의 눈앞에 벽처럼 어른거렸다. 불안감에 마음이 어찌나 들끓었던지 장이 그대로 몸을 일으켜 세웠다면 분명 쓰러졌을 것이다.

그는 꼼짝 않고 가만히 앉아 있었다. 놀라움과 괴로움으로 정신이 멍했다. 가슴 밑바닥에서 이는 순수한 고통에 시달리며 장은 울고만 싶었다. 도망가서 다시는 그 누구도 만나지 않을 곳으로 숨어버리고 싶었다.

불현듯 잡목을 비집고 나오는 두 사람이 장의 눈에 들어왔다. 마을에서 언약을 맺은 커플처럼 그들은 손을 잡고서 천천히 걸어오고 있었다. 이번에도 양동이를 들고 있는 쪽은 뤽이었다.

두 사람은 헤어지기 전에 다시 한 번 포옹을 했다. 처녀는, 장에게는 친구처럼 저녁인사를 건네더니 알 듯 모를 듯한 미소를 던지곤 사라졌다. 그날 처녀는 장에게 우유를 건넬 생각조차 하지 않았다.

어린 두 병사는 나란히 앉았다. 늘 그렇듯이 꼼짝하지 않고 침묵한 채 머물러 있었다. 두 사람의 침착한 얼굴만 봐서는 그 누가 그들의 가슴 속을 휘젓고 있는 감정을 짐작이나 할 수 있었을까. 머리 위로는 햇빛이 쏟아지고, 이따금 저만치에서 암소가 두 사람을 바라보며 음매음매 울음소리를 내고 있었다.

그날도 평상시 돌아가던 시각에 자리에서 일어섰다. 늘 하던 대로 뤽은 나뭇가지의 껍질을 벗기며 걸었고, 장은 빈 포도주 병을 들고 걸어갔다. 그는 빈 병을 브종 마을에 있는 포도주 가게에 놓아두었다.

이윽고 둘은 다리 위로 올라가 매주 일요일마다 그랬

던 것처럼 흐르는 강물을 보려 잠시 걸음을 멈추었다. 이때 장이 몸을 앞으로 수그렸다. 흐르는 강물 속에서 자신을 잡아끄는 무언가를 본 것처럼, 그는 쇠 난간 위로 자꾸자꾸 몸을 기울이고 있었다.

뤽이 그에게 말했다.

"왜, 강물을 한 컵 마시고 싶어?"

그 마지막 말을 뱉었을 때, 장의 머리에 나머지 몸이 딸려 이끌려가듯이 두 다리가 거꾸로 매달린 채 허공에서 원을 그리고 있었다. 순식간에 파랑 외투에 붉은색 반바지를 입은 어린 병사가 강물 속으로 풍덩 들어가더니 자취를 감추어버렸다.

뤽은 기겁하여 소리를 질러 외쳐보려 했지만 목구멍이 막혀버린 것처럼 말이 나오지 않았다. 잠시 후 저 멀리에서 무언가 요동치는 게 보이더니, 친구의 머리가 강물 밖으로 잠시 솟구쳤다가 곧바로 사라졌다. 더 멀리 떨어진 곳에서 또 한 번 손 하나가 강물 위로 떠올랐다가 다시 잠겨들었다. 그게 전부였다. 선원들이 급히 달려왔지만 시체를 찾지는 못했다.

뤽은 넋이 나간 채 정신없이 뛰어 홀로 병영 기지로 돌아왔다. 사고 경위를 이야기하는 동안 그의 눈에서는 눈물이 주체할 수 없이 흘러내렸다.

그는 계속 코를 훌쩍거리며 울먹이는 목소리로 말했다.

"장이 몸을 수그렸어요……. 몸을… 아주 많이 수그렸는데… 너무 수그려서 머리가 곤두박질쳤고… 그렇게… 떨어졌어요……. 강물에 떨어지고 말았어요……."

뤽은 더 이상 말을 이어갈 수 없을 만큼 감정이 북받쳤다.

"하지만 장이 그 사실을 알았다면……."

_1885년, 〈피가로〉 지에 발표된 작품

성 앙투안

사람들은 그를 성 앙투안이라고 불렀다. 물론 그의 이름이 앙투안이기 때문이기도 했지만, 다른 이유도 있었다. 낙천적이고 유쾌하고 익살스러우며 대식가에 술고래인 데다, 예순 살이 넘은 나이에도 혈기 왕성한 난봉꾼 기질이 있는 탓에 그런 이름이 붙여졌다.

콕스 지방의 부농인 그는 혈색이 아주 붉고, 떡 벌어진 가슴에 배가 튀어나와 있었다. 상체를 떠받치고 있는 긴 다리가 오히려 가냘프게 보일 만큼 풍채가 아주 좋았다.

그는 홀아비로 하녀 한 명과 농장을 돌보는 하인 둘을 거느리고 살았다. 가축을 키우고 땅을 일구어 경작하는 농장 일에는 교활할 정도로 잇속에 밝고 장사 수완도 뛰어났다. 두 아들과 세 딸은 번듯하게 출가해 그의 집 부근에서 살았고, 한 달에 한 번 꼴로 찾아와 저녁식사를 함께했다.

그의 넘치는 기력은 인근 마을에 이미 두루 알려진 터였다. 사람들은 속담을 들먹거리듯 이렇게 말하곤 했다.

"저 사람은 성 앙투안처럼 힘이 장사로군."

프로이센군의 침공이 임박했을 무렵이었다. 성 앙투안은 겁이 많으면서도 허풍을 잘 떠는 노르망디 토박이답게 술집에서 큰소리로 떠벌였다.

"군대가 오기만 해봐라. 내가 잡아먹고야 말겠어."

그가 주먹으로 세게 내리치는 바람에 목재 테이블에 놓여 있던 찻잔과 술잔이 춤을 추듯 요동치기까지 했다. 낙천적인 사람들이 짐짓 거짓 분노를 드러낼 때 그렇듯, 그는 시뻘게진 얼굴로 눈을 요리조리 굴리며 소리쳤다.

"젠장, 내가 군대를 잡아먹고야 말 거라고!"

설마 프로이센군이 탄느빌까지 올 리 있겠냐는 심산으로 내뱉은 말이었다. 그런데 갑자기 군대가 로토에 와 있다는 소문이 들리기 시작했다. 이 소식을 전해들은 그는 집 밖에는 한 발자국도 나가지 않았다. 총검을 든 군인들이 들이닥칠까봐 틈만 나면 부엌의 쪽창으로 가서 거리를 염탐할 뿐이었다.

어느 날 아침, 그가 하인들과 식사를 하고 있을 때였다. 문이 덜컥 열리더니 쉬코 시장이 구리침 박힌 까만 철모를 쓴 병사 하나를 데리고 나타났다. 성 앙투안은 공이 튀어 오르듯이 벌떡 자리에서 일어섰다. 곁에 있던 하인들은 그가 프로이센 병사를 당장 내쫓아버릴 것이라고 단단히 기대하는 표정이었다.

시장이 그에게 말했다.

"성 앙투안, 자네가 맡게 될 병사일세."

하인들의 예상과 달리 앙투안은 시장의 손을 잡고 악수만 하고는 별다른 대응이 없었다.

"어젯밤에 저들이 도착했네. 뭣보다 어리석은 짓을 해서는 안 되네. 사소한 빌미만 잡혀도 총살을 하고 불을 지르겠다고 엄포를 놓고 있으니까 말일세. 자네한테 경고했으니 알아서 잘하라고. 저자에게 먹을 것을 주게나. 착한 녀석처럼 보이는군. 잘 있게나, 난 또 다른 집으로 가봐야 해서. 마을 사람들 모두 병사를 하나씩 맡게 되었거든."

그렇게 말하고서 시장은 떠났다.

앙투안 영감은 얼굴이 창백해진 채 프로이센 병사를 쳐다보았다. 허여멀겋고 피둥피둥 살이 찐 사내는 파란 눈에 털은 금빛이고 광대뼈까지 수염이 나 있었다. 아둔하고 내

성적이고 착해 빠진 어린애 같아 보였다. 눈치 빠른 노르망디인은 병사를 단박에 꿰뚫어보고는 마음을 놓았다. 그는 병사에게 앉으라고 손짓하며 물었다.

"식사 좀 하겠나?"

외국인 병사는 무슨 말인지 못 알아듣는 듯했다. 그러자 대담해진 앙투안은 음식이 한가득 담긴 접시를 병사의 코밑까지 들이밀며 말했다.

"자, 이거나 처먹어, 돼지야."

병사는 "야"라고 대꾸하고는 게걸스럽게 먹기 시작했다. 의기양양해진 농장 주인은 하인들 앞에서 명예를 되찾은 양 그들을 향해 눈을 찡긋해 보였다. 하인들은 잔뜩 겁을 먹은 동시에 웃음이 터져나오려는 것을 억지로 참는 듯 묘하게 인상을 찌푸렸다.

프로이센 병사가 입에 우겨넣듯 접시를 다 비우자 성 앙투안은 한 접시를 더 건넸다. 병사는 이번에도 뚝딱 해치웠다. 하지만 세 번째 접시를 내밀었을 때에는 손사래를 쳤다. 앙투안은 병사에게 억지로 먹이려고 재차 말했다.

"어서 뱃속에 처넣어. 뒤룩뒤룩 살이 찔 게다. 뱃속이 허전하면 왜 음식을 안 주냐고 물을 거잖아. 자, 어서 먹어, 돼지야!"

병사는 사람들이 배불리 먹이고 싶어 한다고만 이해하고는 배가 꽉 찼다는 시늉을 하며 만족스러운 표정으로 웃었다. 성 앙투안은 제 집 식구라도 되는 양 느닷없이 병사의 배를 툭툭 치며 큰소리로 말했다.

"우리 돼지, 이 뚱뚱한 배가 꽉 찼단 말이냐!"

그는 갑자기 자지러지게 웃었다. 숨이 넘어갈 듯 웃어서 얼굴에 피가 몰리더니 더 이상 말을 잇지도 못했다. 갑자기 한 가지 생각이 떠올라 우스워 죽을 지경이었다.

"그거야, 그거. 성 앙투안과 돼지. 자, 앞으로 넌 내 돼지다!"

그의 말에 하인들 셋도 덩달아 웃음을 터트렸다. 어찌나 흡족했던지 늙은이는 최고급 브랜디를 가져오도록 해 하인들 모두에게 한 잔씩 따라주었다. 그들은 프로이센 병사와 건배를 했다. 병사는 좋은 술이란 것을 알아채고는 아부하듯 혀를 차는 시늉을 했다. 성 앙투안이 코맹맹이 소리로 병사에게 소리쳤다.

"돼지야, 어때? 술맛 죽이지! 네 집에선 이런 술 구경도 못했을걸."

그때부터 앙투안 영감은 어딜 가든 프로이센 병사를 데리고 다니며 제 할 일을 찾은 듯했다. 그야말로 잔꾀 많은 그만의 복수인 셈이었다. 온 마을이 두려움에 떨던 터에 성 앙투안의 우스꽝스러운 짓 때문에 마을 사람들은 정복자들의 등 뒤에서 배꼽 잡고 웃을 수 있었다.

이 마을에서 우스운 장면을 연출하는 데에는 성 앙투안을 따라올 자가 없었다. 그로서는 그런 식으로 웃음거리를 자꾸자꾸 만들어내기만 하면 되었다. 앞으로 멋진 악당이 되는 일만 남은 것이었다!

매일 오후 무렵, 앙투안은 독일 병사와 팔짱을 끼고 이웃집들을 돌아다녔다. 그는 병사의 어깨를 툭툭 건드리며 신바람이 나서 소개했다.

"이보게, 우리 돼지네. 이 짐승 새끼를 얼마나 살찌웠는지 좀 보라고!"

농부들은 싱글벙글한 표정이었다.

"이 앙투안의 떨거지, 웃기게 생겼는걸!"

"세자르, 자네한테 이 녀석을 30리브르에 팔겠네."

"까짓 거 사지. 앙투안, 돼지순대를 만들면 그때 자넬 부르겠네."

"아냐, 난 족발을 원한다고."

"저 녀석 배 좀 만져봐. 비계만 가득 차 있을걸."

하지만 모두 눈만 찡긋거릴 뿐 목청 높여 웃지는 않았

다. 행여나 프로이센 병사가 놀림감이 되고 있다는 사실을 알아챌까 다들 겁이 난 탓이었다.

앙투안 혼자만 나날이 배짱이 늘어갔다. 그는 병사의 엉덩이를 꼬집으며 소리쳤다.

"순 비계밖에 없다고."

그의 등짝을 두드리며 고함을 지르기도 했다.

"다 돼지 껍데기야."

대장간의 모루(대장간에서 불린 쇠를 두드릴 때 사용하는 쇠 받침대)를 옮길 만큼 힘센 거구의 영감은 두 팔로 그를 들어 올리며 외치기도 했다.

"무게가 600근이나 나간다고. 버릴 게 하나도 없단 말일세."

그는 어디든 따라다니는 그의 돼지에게 먹을 것을 내주게 하는 습관이 붙었다. 그것은 그에게 커다란 기쁨이자 일상에서 빼놓을 수 없는 낙이었다.

"주고 싶은 게 있으면 뭐든 주쇼. 녀석은 가리지 않고 다 처먹으니까."

사람들은 병사에게 빵이나 버터, 사과, 다 식어 맛없어 보이는 스튜, 말라비틀어진 소시지 같은 것을 내주며 말했다.

"마음대로 골라서 먹으라고."

아둔하고 순해 빠진 병사는 사람들이 친절을 베푸는 게 고마워서 예의상 음식을 먹었고, 거절을 못해 배탈이 나기도 했다. 이젠 제복이 꽉 조일 정도로 진짜 뚱보가 된 병사를 보면서 성 앙투안은 날아갈 듯 기뻐하며 되풀이해서 말했다.

"돼지야, 너한테 돼지우리 하나 만들어줘야 할 판이야. 알아듣겠냐!"

어느새 그들은 세상에 둘도 없는 친구가 되었다. 영감이 인근 마을에 볼일이 있어 갈라치면, 프로이센 병사는 그와 함께 있고 싶은 마음에 기꺼이 따라나섰다.

1870년, 프랑스의 겨울은 온갖 불길한 재앙이 한꺼번에 몰아치는 것처럼 끔찍했다(당시 프랑스 황제 나폴레옹 3세는 프로이센 전쟁에 패하여 베르덩에서 항복하고 독일군의 포로가 되었다. 파리는 독일군에게 포위되어 시민들이 추위와 굶주림에 시달려야 했다). 엄동설한에 혹독한 시절이었다.

먼일을 내다보고 미리 대비해 기회를 이용할 줄 아는 앙투안 영감은 봄 농사에 퇴비가 딸릴 것을 우려해 생활난에 쪼들리는 이웃에게서 싼값에 퇴비를 사들였다. 그는 저녁마다 화차를 끌고 가 비료를 한 짐씩 갖고 오기로 이웃과

합의를 보았다.

매일, 밤이 이슥해질 무렵 출발해 2킬로쯤 떨어진 올르의 농장을 찾았다. 늘 그렇듯이 돼지라 부르는 병사와 함께했다. 물론 매일 밤마다 그의 짐승에게 먹이를 던져주는 축제가 벌어졌다. 마을 사람들은 일요일에 성당으로 대미사를 보러 가듯 두 사람이 있는 곳으로 한달음에 달려왔다.

병사는 급기야 의심을 품기 시작했다. 사람들이 큰소리로 웃고 떠들면 그는 불안한 듯 눈을 굴렸고, 이따금 분노어린 눈에서 불꽃이 일렁일 때도 있었다.

그러던 어느 날 저녁이었다. 병사는 제 그릇에 담긴 음식을 먹고 나서 더는 못 먹겠다고 강경하게 말했다. 병사가 그만 일어서려 하자 성 앙투안은 손목을 비틀어 그를 못 가게 막았다. 우락부락한 손으로 그가 어찌나 힘껏 어깨를 눌러 주저앉혔던지 병사의 몸무게에 의자가 그만 박살이 나고 말았다.

그야말로 폭탄급 유머가 터졌다. 앙투안은 우스워 죽겠다는 표정으로 넘어진 그의 돼지를 일으켜 세웠다. 그는 우선 화난 병사의 기분을 가라앉히려 호의를 베푸는 척하더니 선전포고하듯 말했다.

"젠장, 먹기 싫으면 술을 마실 테야!"

사람들은 브랜디를 사러 술집으로 달려갔다. 병사는 시무룩한 표정으로 불쾌한 눈빛을 굴리며 사람들이 따라주는 술을 마다치 않고 모조리 마셨다. 곁에서 부추기던 사람들이 마냥 즐거워하는 가운데 급기야 성 앙투안이 병사의 머리채를 감아쥐었다. 얼굴이 토마토처럼 빨게진 노르망디인은 이글거리는 눈빛으로 술잔을 채워서 부딪치며 소리쳤다.

"위하여!"

프로이센 병사는 한마디 말도 하지 않고 독한 코냑만 한 잔씩 입에 털어 넣었다. 그건 대결이자 전투이고 복수였다!

"누가 더 술이 센지 보자고, 젠장!"

결국 술병이 바닥나 더는 마실 수 없게 되었고 누구도 승자가 되지 못했다. 그렇게 두 사람은 부둥켜안고 밖으로 나왔다.

"내일 또 술판을 벌여야 한다고!"

앙투안은 고래고래 소리쳤다.

그들은 비틀거리며 말 두 마리가 이끄는 퇴비 마차 쪽으로 향했다. 그때 갑자기 눈발이 떨어지기 시작했다. 들판에 쌓이는 흰 눈 때문에 달 없는 밤이 음산하게 빛나고 있었다. 두 남자는 으스스한 한기를 느꼈고 취기는 더해갔다.

술판에서 승리를 거두지 못해 못마땅했던 성 앙투안은 그의 돼지를 도랑에 빠트리려고 어깨를 밀치며 장난을 쳤다. 상대는 뒤로 내빼면서 용케도 공격을 잘 피했다. 뒷걸음질을 칠 때마다 병사는 뿔난 목소리로 몇 마디씩 독일어를 내뱉었다. 화가 난 병사를 보자 농부는 웃음보가 터졌다.

마침내 프로이센 병사는 화가 날 대로 나고 말았다. 앙투안이 다시 팔꿈치로 그를 밀치려는 순간 드디어 올 것이 왔다. 거인 같은 남자가 비틀거릴 만큼 강한 펀치를 날린 것이었다. 순간 독한 술을 마신 영감의 몸이 불길처럼 활활 끓어오르고 말았다. 그는 양팔로 병사의 허리를 끌어안고 어린아이를 대롱대롱 매달듯이 허공에서 몇 초간 흔들어대더니 길 저편으로 기세 좋게 패대기쳐버렸다. 그러고는 자신의 행동이 만족스러웠는지 팔짱을 낀 채 껄껄껄 웃었다.

철모가 벗겨진 병사는 맨머리로 재빨리 일어나 검을 빼들더니 앙투안 영감을 향해 돌진하듯 달려들었다. 그것을 본 앙투안은 쇠심줄로 만든 채찍처럼 질기고 유연하면서

굵은 호랑가시나무 채찍을 덥석 거머쥐었다.

프로이센 병사는 고개를 숙인 채 무기를 앞세우고 다가왔다. 죽이려는 게 분명했다. 영감은 배를 찌르려고 겨냥한 날카로운 칼날을 손으로 움켜쥐고서 있는 힘껏 밀쳐냈다. 그런 다음 채찍 손잡이로 병사의 관자놀이를 철썩 소리가 날 정도로 휘갈겼다. 적은 영감의 발밑에 그대로 나동그라졌다.

앙투안은 기겁해서 병사를 내려다보았다. 몸이 경련을 일으키며 위아래로 들썩거리더니 어느새 배에서 아무런 미동조차 느껴지지 않았다. 그는 고개를 숙여 병사의 몸뚱이를 뒤집어본 뒤 잠시 유심히 살폈다. 병사는 눈을 감고 있었다. 이마 한 귀퉁이에서는 피가 실금처럼 주르르 흘러내렸다. 깜깜한 밤이었지만 앙투안 영감은 눈길 위에서 갈색으로 선명하게 번져가는 핏자국을 똑똑히 볼 수 있었다.

그는 어찌할 바를 몰라 그대로 서 있었다. 그러는 사이 말들은 소리도 내지 않고 조금씩 움직이며 마차를 계속 끌고 가고 있었다.

이를 어쩐단 말인가? 분명 총살을 당할 것이다! 프로이센군들이 농장을 불사르고 마을을 쑥대밭으로 만들어버릴 텐데……. 어쩌지? 뭘 어째야 하지? 저 몸뚱이, 아니, 저 시체를 어떻게 감춰서 프로이센군들을 속이지?

눈 덮인 거대한 침묵을 깨는 사람들의 목소리가 저 멀리서 들려왔다. 공포에 사로잡힌 앙투안은 철모를 주워 쓰러져 있는 병사의 머리에 다시 씌웠다. 그는 병사의 허리를 잡아끌어 마차가 있는 곳까지 옮긴 다음, 멀어져가는 마차로 달려가 말고삐를 잡고 퇴비 더미 위에 시체를 던졌다.

일단 집으로 가서 방법을 차근차근 찾아봐야 할 것 같았다. 천천히 말을 몰며 머리를 쥐어짜봤지만 아무 생각도 떠오르지 않았다. 그저 패배한 듯한 기분이 드는 것만은 어쩔 수가 없었다.

어느덧 앙투안은 농장 안마당으로 들어섰다. 지붕 위에 있는 창으로 불빛이 새어나오는 것을 보면 하녀가 아직 안 자고 있는 것이 분명했다. 그는 민첩하게 비료 구덩이를 파놓은 곳까지 마차를 끌고 갔다. 싣고 온 퇴비를 쏟아내면 시체가 그 속에 뒤죽박죽 섞여 구덩이로 떨어질 것이라는 생각이 언뜻 스쳤다.

마차를 구덩이 쪽으로 기울여보았다. 예상대로 병사는 퇴비 더미 아래에 감쪽같이 파묻혔다. 앙투안은 쇠스랑을 들어 퇴비 더미를 고르게 정돈한 다음 마당 귀퉁이에 세워놓았다. 그리고 하인을 불러 말들을 마구간에 넣으라고 지시한 뒤 방으로 들어갔다.

잠자리에 들어 어쩌면 좋을지 곱씹어 생각해봤지만 도통 아무것도 떠오르지 않았다. 침대에 가만히 누워 있는데도 격렬한 불안감이 점점 더 요동쳐왔다. 군인들이 그를 총살시킬게 분명했다! 두려움이 극에 달해 식은땀이 흐르고 이가 딱딱 부딪쳤다. 몸을 부들부들 떨던 그는 더 이상 침대에 누워 있을 수 없어 자리에서 벌떡 일어났다.

앙투안은 부엌으로 내려가 찬장에서 고급 브랜디를 꺼낸 뒤 다시 방으로 가지고 올라왔다. 큰 잔으로 연거푸 두 잔을 들이켜봤지만 먼저 마신 술에 취기만 더해져 불안한 마음을 잠재울 수는 없었다. 빌어먹을, 어리석게도 못난 짓을 저지른 것이었다!

그는 안절부절못하고 방 안을 서성대며 어떻게든 빠져나갈 묘안을 짜내려 잔머리를 굴렸다. 이따금 독한 술을 한 모금씩 홀짝거리며 용기를 내보려고도 했지만 허사였다. 끝내 아무런 묘안도 찾지 못했다.

자정 무렵이 되자 데보랑이 갑자기 죽을 듯이 짖어댔다. 반은 늑대 혈통을 지닌 집 지키는 개였다. 앙투안 영감은 뼛속까지 소름이 끼치는 기분이었다. 컹컹 짖어대던 개는 불길하기 짝이 없게 한참이나 질질 끄는 신음소리를 내고 있었다. 신음소리가 들릴 때마다 영감의 살갗으로 두려움의 전율이 타고 올라왔다.

그는 의자에 털썩 주저앉았다. 다리에 맥이 풀리고 얼이 빠져 더 이상 아무 생각도 할 수 없었다. 개의 신음소리가 언제 또 들릴까 초조하게 기다리는 일 말고는 아무것도 할 수 없었다. 극심한 공포심에 온 신경이 요동을 치는 것처럼 그는 깜짝깜짝 경기까지 일으키고 있었다.

아래층 시계가 다섯 시 종을 울렸다. 그때까지도 개의 신음소리는 그치지 않았다. 농부는 돌아버릴 지경이었다. 더는 그 소리를 참고 들을 수 없어 개를 풀어주기 위해 자리를 박차고 일어선 그는 아래층으로 내려가 문을 열고 어둠 속으로 천천히 나아갔다.

눈은 여전히 내리고 있었다. 시야가 온통 하얗기만 했다. 농장에 딸린 건물들은 칙칙한 얼룩처럼 솟아 있었다. 개집으로 다가가 보니 데보랑이 목에 묶인 사슬을 잡아당기느라 버둥거리고 있었다. 그가 사슬을 풀어주자마자 개는 펄쩍펄쩍 제멋대로 뛰어가더니 갑자기 어디선가 우뚝 멈추었다. 털을 바짝 세우고 다리에 힘이 잔뜩 들어간 데보랑이 송곳니를 드러낸 채 퇴비 더미를 향해 킁킁대기 시작했다. 성 앙투안은 머리끝에서 발끝까지 온몸이 부들부들 떨렸다.

"이 몹쓸 놈의 개, 거기서 왜 그래?"

그는 더듬거리며 소리치고는 몇 발자국 앞으로 나아가 눈을 부릅뜨고 흐릿한 어둠 속을 살폈다. 안마당에는 음울한 어둠이 깔려 있었다. 순간, 어떤 형체가 보였다. 퇴비 더미에 올라앉은 남자의 형체였다!

끔찍한 공포감에 얼어붙어 숨을 멈춘 채 그 형체를 바라보던 앙투안은 불현듯 바로 옆에 쇠스랑을 꽂아두었던 사실을 기억해냈다. 그는 조심스레 마당에 세워둔 쇠스랑의 손잡이를 빼들었다. 그리고 인간을 가장 경솔하고 무모하게 만드는 두려움의 도가니에 빠져 그것이 무엇인지 알아내기 위해 돌진했다.

바로 그자였다. 프로이센 병사가 더러운 오물을 뒤집어쓴 채 빠져나와 있었다. 오물 더미가 몸을 녹여 그가 구사일생으로 살아난 것이었다. 병사는 의식이 없는 것처럼 멍하니 앉아 있었다. 하얀 눈발이 피와 오물로 더럽혀진 그의 몸 위로 흩날렸다.

병사는 취기가 아직 남아 얼이 빠져 있는 상태였고, 얻어맞은 상처 때문에 힘없이 늘어져 있었다. 앙투안을 보기는 했지만 너무 멍한 상태라 아무것도 깨닫지 못했다. 그런데도 몸을 일으키려 움찍거리고 있었다.

영감은 그가 자신을 봤다는 사실에 놀라 광포한 짐승처럼 입에 거품을 물었다. 영감이 주절주절 떠들었다.

"아, 너로구나! 이 돼지야, 아직 살아 있었군! 네 놈이 날 고발할 테지, 이 새벽에……. 기다려…, 기다리라고!"

그는 프로이센 병사에게 돌진하듯 달려들어 두 팔을 치켜들고서 있는 힘을 다해 손에 든 쇠스랑을 창처럼 내뻗었다. 그리고 네 개의 쇠꼬챙이를 가슴팍 깊숙이까지 찔러 넣었다.

병사는 죽음의 순간 긴 탄식을 내지르며 뒤로 고꾸라졌다. 늙은 농부는 상처투성이가 된 병사의 가슴에서 쇠꼬챙이를 빼내더니 다시 복부와 목구멍에 마구 쑤셔 넣었다. 그리고 피를 콸콸 쏟으며 심장만 펄떡이는 자의 몸을 머리끝에서 발끝까지 미친 듯이 걷어찼다.

잔인한 폭력을 행사하는 것이 자신의 소임이라도 되는 양 숨을 헐떡거리며 발로 걷어차던 농부는 어느 순간 동작을 멈추었다. 비로소 살인을 완수했다는 안도감에 그는 숨을 크게 들이쉬며 찬 공기를 들이마셨다. 그때 닭장에 있던 닭들이 꼬끼오 울음소리를 냈다. 해가 뜨기 전에 그는 서둘러 병사를 묻는 일에 착수했다.

퇴비 더미에 구멍을 내어 파들어가자 맨땅이 보였다. 좀 더 아래로 파내려가는 작업을 하면서 그는 솟구쳐 오르는 격분을 가라앉힐 수 없었다. 삽질을 하는 그의 팔뚝과 온몸에서 분노가 차올랐다.

그는 구덩이를 깊숙하게 판 뒤 시체를 안으로 굴려 떨어뜨렸다. 그런 다음 쇠스랑으로 그 위에 다시 흙을 덮고는 발로 여러 번 다지고 나서 그 자리에 퇴비 더미를 얹었다. 굵은 눈발이 떨어지는 것을 보며 그는 미소 지었다. 펑펑 내리고 있는 하얀 눈이 발자국을 뒤덮어주어 그의 임무를 완벽하게 끝마쳐줄 것이었다.

쇠스랑을 오물 더미에 다시 꽂아두고서 그는 집으로 들어갔다. 반쯤 남은 술병이 여전히 테이블 위에 놓여 있었다. 그는 단숨에 술병을 비우고는 그대로 침대에 쓰러져 깊은 잠에 빠졌다.

술기운은 남아 있었지만 머리는 개운했고, 기분도 상쾌했다. 그는 비로소 상황을 제대로 판단하고 어떻게 대처해야 할지 가늠할 수 있었다.

한 시간 후 앙투안은 마을로 달려가 사방팔방으로 병사의 소식을 물으러 다녔다. 분위기를 엿볼 참으로 독일 장교들에게도 찾아간 그는 다짜고짜 물었다.

"왜 내가 맡은 병사를 도로 데려갔습니까?"

마을 사람들은 두 사람의 막역한 사이를 잘 알고 있었기에 그를 전혀 의심하지 않았다. 한술 더 떠 앙투안은 프로이센 병사가 저녁마다 여자 뒤꽁무니를 쫓아다녔다고 떠벌려 탐색수사까지 벌이도록 만들었다. 결국 이웃 마을에서 예쁜 딸을 데리고 여인숙을 운영하던 어느 퇴직한 늙은 헌병이 붙잡혀 총살을 당했다.

_1883년, 〈질 블라〉에 발표된 작품

두려움

사람들은 저녁식사 후 갑판 위로 올라갔다. 눈앞에 펼쳐진 지중해는 일렁임조차 없었고, 크고 고요한 달이 그 위를 환히 비추고 있었다. 무수한 별들이 흩뿌려진 하늘로 굵은 뱀이 꿈틀대듯 검은 연기를 뿜어올리며 육중한 배가 유유히 흘러갔다. 갑판 뒤로는 거대한 선박의 회전날개가 빠르게 움직여 돌돌 말린 물회오리가 수면 위의 달에 버금갈 만큼 눈부시게 하얀 거품들을 마구 튕겨냈다.

여섯 내지 여덟 명 되는 사람들이 조용히 그 광경을 지켜보며 감탄하고 있었다. 그들의 눈길은 목적지인 먼 아프리카 쪽을 향해 있었다. 한가운데서 시가를 피우던 선장이 저녁식사 때 나누었던 이야기를 불쑥 다시 꺼냈다.

"맞아요, 그날 난 두려웠죠. 내가 탄 배가 암초에 부딪쳐 꼬박 여섯 시간 동안이나 선체로 바닷물이 휩쓸려 들어오고 있었으니까요. 다행히 저녁 때 석탄을 운반하는 영국 배가 우리를 알아보고 구출해주긴 했지만요."

그들 중 볕에 그을린 피부에 꽤 진지해 보이는 키 큰 남자가 있었다. 그는 멀고 낯선 나라들을 누비며 온갖 풍파를 겪은 사람처럼 보였다. 깊고 고요한 눈에는 그가 본 진기한 풍경들에 대한 느낌이 고스란히 담겨 있는 것만 같았다. 한마디로 용기에 담금질된 남자라는 것을 가늠케 했다. 그가 처음으로 이야기를 꺼냈다.

"선장님, 방금 두려움을 느끼셨다고 했나요. 그런데 제 생각은 다릅니다. 선장님이 느꼈던 감정을 오해하고 계신 것 같습니다. 패기와 힘이 넘치는 남자는 급박한 위험에 처하면 흥분해서 동요하고 불안해하긴 하지만 절대 두려움을 모릅니다. 두려움은 전혀 다른 감정이지요."

선장이 껄껄껄 웃으며 다시 말했다.

"그런가요! 하지만 그때 난 정말이지 두려웠다는 걸 말씀드리고 싶군요."

그러자 구릿빛 얼굴의 사내가 느릿한 말투로 이야기하기 시작했다.

"왜 그런지 제가 설명을 좀 해도 될까요? 아주 담대한 남자들도 두려움을 느낄 수는 있습니다. 진짜 두려움이란 그야말로 끔찍한 감정이니까요. 영혼이 산산조각 나는 것처럼 견딜 수 없고, 정신과 마음이 무시무시한 경련을 일으키는 것 같은 느낌을 주니까요. 그때의 감정을 떠올리기만 해도 불안감에 오금이 저려올 정도지요.

용기 있는 사람은 어떤 위태로운 공격이나 피할 수 없는 죽음, 흔히 말하는 온갖 형태의 위험 앞에서도 두려움을 느끼지 않습니다. 하지만 정상적이지 않은 상황에 처했을 때에는 누구나 두려움을 느낄 수밖에 없습니다. 그건 말로 설명할 수 없는 위험 앞에서 수수께끼와도 같은 어떤 일들이 벌어질 때 일어나는 감정입니다. 한마디로 진짜 두려움이란 옛날 괴기 공포물을 떠올릴 때의 감정과도 같습니다. 한밤중에 귀신이라든가 유령이 나온다고 상상하는 사람이라면 끔찍한 공포감 속에서 진짜 두려움을 느끼게 될 것입니다.

한 10년쯤 되었을까요. 저는 대낮에 그런 두려움을 처음으로 느껴보았습니다. 그리고 작년 겨울 12월의 어느 날 밤, 또 한 번 그런 감정을 느꼈지요.

운명인지 우연인지 저는 이제껏 위험천만한 모험들을

하며 살아왔습니다. 죽을 고비도 숱하게 넘겼지요. 강도를 만나 죽을 뻔한 적도 있고, 미국에 갔을 땐 폭도라는 누명을 쓰고 교수형을 당할 뻔한 적도 있었어요. 또 중국 연안에선 배의 갑판 위로 끌려가 바닷물에 내던져진 적도 있었습니다. 이제 끝났구나 싶을 때마다 여한이나 아쉬움 없이 내 운명이겠거니 하고 받아들이며 살았습니다. 그런데 두려움은 그런 게 아닙니다.

저는 아프리카에 있을 때 그런 감정을 막연하게나마 느낀 적이 있습니다. 두려움이 북쪽 나라에서 태어난 것이라면 아프리카의 태양은 안개처럼 그 두려움을 산산이 흩어 놓지요.

여기 계신 신사 분들, 잘 알아두세요. 아프리카 사람들에게 있어 삶은 그리 중요치 않아요. 그들은 체념이 아주 빠르거든요. 언제나 맑은 밤이 이어지고, 게다가 전해져오는 무시무시한 전설들도 없어요. 추운 나라 사람들의 머릿속에서 유령처럼 떠도는 어두운 근심거리들도 없고요. 아프리카에 사는 사람들은 공포는 알지언정 두려움은 모릅니다.

이런, 말이 길어졌군요! 자, 제가 아프리카 땅에서 겪은 일을 이야기하지요.

알제리 우아르글라 남쪽의 거대한 모래사막을 횡단할 때였어요. 그 지역은 세상에서 가장 기이한 곳 중 하나입니다. 어딜 봐도 모래뿐인 사막을 아시나요. 망망대해의 해변처럼 끝 간 데 없이 모래가 펼쳐져 있습니다. 이런 상상을 해보세요! 격렬한 파도를 일으키는 바다가 그대로 사막이 되어버린 형상을 말이죠. 노란 먼지들이 조용히 물결이 되고 소리 없이 풍랑을 일으키는, 그런 곳을 머릿속에 그려보세요.

게다가 그 노란 모래 물결은 산처럼 높아요. 저마다 높이도 다르고 방향도 제각각이라서 그야말로 사납고 맹렬하게 일어나는 파도와도 같습니다. 또 얼마나 광활한지요. 그뿐만이 아닙니다. 모래가 일어날 때마다 물결무늬와도 같은 줄이 층층이 새겨집니다.

소리도, 움직임도 없이 격렬하게 이는 모래바다 위로 작열하는 태양이 칼날처럼 무자비하게 뜨거운 불길을 쏟아붓습니다. 이 금빛 재의 파도를 타고 무수히 올라갔다 내려갔다 다시 올라야 합니다. 쉴 수도 없고, 그늘 한 점도 없는 곳이지요. 말들은 숨을 헐떡거리며 무릎까지 푹푹 빠져드는 모래에 미끄러져 가파른 언덕 반대편으로 굴러 떨어지기도 합니다.

저는 친구와 함께 있었어요. 말을 탄 아프리카 원주민 여덟 명과 낙타 네 마리를 몰고 가는 사람들이 우리 뒤를 따라오고 있었지요. 뜨거운 사막의 침묵처럼 더위와 피로와 갈증에 짓눌린 우리들은 말없이 앞만 보고 가고 있었습니다. 그런데 별안간 남자 하나가 비명 같은 소리를 내질렀어요. 모두들 멈춰 섰지요. 그런 외진 고장에서 여행자들이 익히 알고 있는 기이한 현상을 만난 겁니다. 너무 놀라 모두들 꼼짝할 수 없었어요.

부근의 어디에선가, 방향을 알 수 없는 곳에서 북소리가 둥둥 울렸습니다. 모래사막에서 뜬금없이 북소리라니요. 그 소리는 너무도 또렷이 들려왔습니다. 이따금 떨리듯이 쿵쿵 울리다가 이따금 잦아들었고, 또 이따금씩 소리가 멈추기도 했어요. 그러다 다시 꿈속처럼 기이한 굉음이 들렸지요.

아랍인들은 겁에 질린 얼굴로 서로를 바라보더군요. 그러더니 한 사람이 자기들 언어로 말했어요. 죽음이 우리를 덮치고 있다고요. 그 순간 제게는 형제나 다름없던 친구가 갑자기 고개를 푹 떨구더니 말에서 떨어졌습니다. 일사병 때문에 친구가 그 자리에서 숨을 거두고 만 겁니다.

두 시간 동안 친구를 살리려고 무진 애를 써봤지만 결국

살려내지 못했어요. 그 와중에도 정체를 알 수 없는 북소리는 계속해서 제 귓속을 파고들었습니다. 두둥 둥둥 두둥 둥둥. 끊어졌다 이어졌다, 단조롭고 불규칙하게 반복되면서 말이지요.

저는 뼛속까지 스며드는 진짜 두려움을 깨달았습니다. 네 개의 모래 산들이 에워싼, 태양으로 활활 타오르는 모래 구덩이에서 사랑하는 친구의 시체와 마주한 저는 살 떨리는 지독한 두려움을 깨달았던 겁니다. 프랑스 마을에서 수백 킬로나 떨어져 있는 우리에게 미지의 메아리가 빠른 북소리로 울려 퍼지고 있었던 거지요.

그날 저는 비로소 두려움이 뭔지를 깨달았습니다. 예전보다도 훨씬 더 또렷이 알게 되었죠."

그가 말하는 중간에 선장이 물었다.

"미안합니다만, 그 북소리는 뭐였죠?"

그가 대답했다.

"저도 전혀 모릅니다. 아무도 아는 사람이 없었어요. 그 이상야릇한 소리에 종종 놀라움을 느꼈다던 장교들이 이런 이야기를 하더군요. 바람에 실려온 굵은 모래 알갱이들이 바짝 마른 풀숲에 부딪쳐, 그 소리가 모래언덕들을 굽이굽이 돌면서 터무니없이 커져 메아리가 되었다고 말이죠. 햇빛에 말라붙은 양피지처럼 딱딱한 초목들 주위에서 그런 기이한 현상이 일어나는 걸 자주 봐왔다는 겁니다.

말하자면 그 북소리는 소리가 만들어낸 일종의 신기루였을 겁니다. 사실 별것 아닌 거지요. 그런데 그 사실을 저는 나중에야 알게 되었습니다.

그럼 이제 두 번째로 경험했던 일을 이야기해볼까요.

지난겨울, 프랑스 북동쪽에 있는 숲에서 겪었던 일입니다. 두 시간이나 일찍 어둠이 찾아든 탓에 하늘은 컴컴했지요. 길을 안내하던 농부와 저는 전나무가 아치처럼 드리워진 좁은 오솔길을 나란히 걷고 있었어요. 바람이 휘이잉 휘이잉 아우성을 쳐댔지요. 나무들 위로는 구름이 뿔뿔이 흩어져 흘러가고 있었습니다. 마치 끔찍한 공포를 피해 달아나듯이요. 이따금 사나운 돌풍이 몰아칠 때면 숲 전체가 한쪽으로 기울면서 고통에 겨운 신음소리를 냈습니다. 두꺼운 옷을 껴입고 걸음을 재촉했는데도 으슬으슬 한기가 밀려들더군요.

그날은 산지기 집에서 저녁을 먹고 하룻밤 묵기로 되어 있었습니다. 산지기의 집까지는 그리 멀지 않았어요. 저는 사냥을 하러 그리로 가는 것이었고요.

농부가 하늘을 올려다보며 간간이 중얼거렸습니다.

'날이 음산하네요!'

그러더니 우리가 묵게 될 산지기 집안 이야기를 꺼내더군요. 산지기는 2년 전 실수로 밀렵꾼 한 사람을 죽였다고 했습니다. 그 일이 있고 나서 산지기는 망령에 쫓기는 사람처럼 음울해 보였다고 해요. 그는 결혼한 두 아들과 함께 살고 있다더군요.

어느새 앞을 분간할 수 없을 만큼 짙은 어둠이 찾아들었어요. 캄캄한 어둠 속에서 나뭇가지들이 쉴 새 없이 부딪치며 만들어내는 시끄러운 소음만 이어졌죠. 그러다 마침내 불빛이 보였습니다.

동행한 농부가 다급히 문을 열어젖히자 여인네들의 날카로운 비명소리가 우리를 맞아주었어요. 곧이어 목이 조여드는 듯한 남자의 목소리로 '거기 누구요?'라고 묻는 소리가 들렸습니다. 농부가 이름을 말하자 그제야 안으로 들여보내주더군요. 집 안에선 더 기겁할 장면이 펼쳐졌지요.

백발이 성성한 노인이 실성한 눈빛으로 총을 들고 부엌에 떡 버티고 서 있었습니다. 힘깨나 쓸 것 같은 두 장정은 도끼를 든 채 문 앞을 지키고 있었고요. 으슥한 구석에선 여인네 둘이 무릎을 꿇고 벽을 향해 얼굴을 묻고 있는 게 보이더군요.

우리는 차근차근 설명해주었습니다. 그러자 영감은 총을 벽에 세워놓더니 제가 묵을 방을 준비하라고 지시하더군요. 여인 둘이 움직일 생각을 하지 않자 노인이 다짜고짜 말했습니다.

'2년 전 바로 오늘 난 한 사내를 죽였소이다. 작년에 그자가 날 찾아왔더군요. 그래서 오늘 밤도 그자를 기다리고 있는 겁니다.'

노인은 어이없는 웃음만 나오게 하는 말을 덧붙이더군요.

'그러니 우리가 마음 놓고 있을 수 있겠소.'

저는 영감을 되도록 안심시키려 했습니다. 마침 그날 밤 도착해서 당치도 않은 미신 때문에 공포에 떠는 장면을 목격하게 되어 흥미롭기도 했지요. 제 이야기를 들으면서 산지기 가족은 조금씩 안정을 찾는 듯했습니다.

난롯가에서는 늙은 개 한 마리가 앞다리에 코를 묻고서 잠을 자고 있었습니다. 어딘지 사람을 닮은 구석이 있는 개였어요. 수염이 비죽비죽 났고, 눈은 거의 먼 것 같았죠.

밖에서 휘몰아치는 돌풍이 가뜩이나 작은 집을 요동치

듯 두들겨댔어요. 문 옆에는 바깥을 내다볼 수 있는 작은 창이 뚫려 있었죠. 그 창을 얼핏 보았는데 번개가 번쩍 일더니 사정없이 불어대는 바람에 마구 뒤엉킨 나무들이 불쑥불쑥 나타나더군요.

나름대로 노력을 해봤지만 그들이 여전히 공포에서 헤어나지 못하고 있다는 걸 저는 여실히 느꼈습니다. 제가 이야기를 멈추면 모두들 멀리서 무슨 소리가 들리지 않는지 귀를 바짝 세우곤 했으니까요. 그런 어리석기 짝이 없는 두려움을 지켜보는 게 싫증이 나서 그만 자러 가야겠다고 말하려던 참이었지요.

그때였습니다. 갑자기 영감이 의자를 박차고 일어나더니 다시 총을 집어 들곤 넋 나간 목소리로 더듬더듬 말했어요.

'저, 저거 봐! 그자가 왔어! 목소리를 들었다고!'

두 여인은 다시 구석으로 가서 무릎을 꿇고 얼굴을 가리더군요. 두 아들도 도끼를 들었고요. 저는 또 한 번 그들을 진정시키려 했습니다. 그 순간 잠자고 있던 개가 벌떡 일어나 고개를 치켜들고 목을 죽 빼더니 보이지도 않는 눈으로 난롯불을 물끄러미 보는 거였어요. 그러더니 불길하기 짝이 없게 컹컹 짖어대기 시작했죠. 야심한 시각에 시골마을에 머문 객들의 모골이 송연할 정도였습니다.

모두의 눈길이 그 개에게 쏠렸습니다. 개는 허깨비라도 본 것처럼 네 다리로 버티고 서서 꼼짝도 하지 않았어요. 눈에 보이진 않지만 뭔가 끔찍한 낌새를 느낀 모양이었어요. 그도 그럴 것이 털이 바짝 곤두서 있었으니까요. 개가 또다시 컹컹 짖어대기 시작했습니다. 산지기가 하얗게 질린 얼굴로 소리쳤어요.

'그자가 온 걸 개가 알아챈 거야! 개가 느낀 거라고! 내가 그자를 죽였을 때 저 녀석이 거기 있었으니까.'

개가 짖자 두 여인도 미친 듯이 고함을 지르기 시작했지요. 순간 저도 모르게 어깻죽지로 소름이 훑고 지나갔습니다. 그 야심한 시각에 그런 장소에서, 제정신이 아닌 사람들 틈바구니에서 귀신을 본 것처럼 미친 듯이 짖어대는 개를 보며 소름이 돋았으니까요.

한 시간 가까이 개는 꿈쩍도 하지 않고 짖기만 했습니다. 불길한 꿈에 시달리듯이 컹컹 울부짖으면서 말이죠. 제 몸 안으로 끔찍한 두려움이 밀려드는 듯했습니다. 무엇에 대한 두려움이었냐고요? 전들 알겠습니까? 그냥 두려움이었어요. 그게 다입니다.

우리는 줄곧 파리하게 질려 몸을 움직일 수도 없었습니

다. 귀를 쫑긋 세운 채 작은 소리 하나만 들려도 불안에 떨며 가슴을 졸였죠. 막연히 어떤 무시무시한 사건을 기다리고 있는 느낌이었습니다.

개는 이번에는 또 방 안을 빙빙 맴돌기 시작하더니 벽 가까이로 가 코를 킁킁대며 계속 신음소리를 냈어요. 그 개가 우리를 돌아버리게 했죠! 저를 안내했던 농부가 참다못해 개를 덮쳤습니다. 그는 분노 어린 공포가 극에 달한 나머지 개를 덥석 들어 안고는 안마당으로 난 문을 열어젖혀 밖으로 내던지고 말았어요.

이내 개가 잠잠해졌지요. 우리는 침묵에 잠겼지만 그 침묵이 더욱 끔찍하게 여겨졌습니다. 그런데 갑자기 모두들 소스라치게 놀랐습니다. 무언가 숲에서 담으로 미끄러져 들어오는 것 같았어요. 곧이어 문 쪽을 지나치며 주저하는 손길로 더듬거리는 듯했죠.

한 2분쯤 우리는 아무 소리도 듣지 못했습니다. 이성이 거의 마비된 상태였지요. 조금 후 무언가 담벼락을 스치며 되돌아왔습니다. 그러더니 어린아이가 손톱으로 긁어대듯이 담벼락을 살살 긁는 것이었습니다. 이내 순식간에 문 옆의 작은 창으로 얼굴 하나가 불쑥 나타났습니다. 맹수처럼 눈에서는 광채가 났고, 얼굴은 백지장 같았어요. 그자의 입에서 어떤 소리가 흘러나왔습니다. 알아들을 수 없는 탄식을 중얼거리고 있었죠.

그때 부엌에서 엄청난 굉음 소리가 들렸습니다. 늙은 산지기가 총을 쏜 겁니다. 아들들은 재빨리 큰 테이블을 세워 뚫린 창을 막고서 찬장과 꽁꽁 묶어버렸지요.

맹세컨대 총을 쏘리라곤 짐작도 하지 못했습니다. 그 굉음에 얼마나 심장이 떨리고 정신이 아찔하고 몸이 얼어붙던지 기절할 것만 같았습니다. 두려움에 죽을 수도 있을 것 같았어요.

새벽이 밝아올 때까지 우리는 그렇게 가만히 있었습니다. 무어라 설명할 수 없는 공포감에 사로잡혀 움직일 수도, 말을 할 수도 없었습니다.

차양 틈으로 가느다란 빛이 새들어오는 것을 알아채고 나서야 문을 막아놓은 장막을 치울 수 있었습니다. 문을 열자 담벼락 밑에서 주둥이에 총을 맞고 쓰러져 있는 늙은 개를 발견할 수 있었습니다. 개는 안마당 울타리 밑으로 구멍을 파 집 밖으로 나갔던 겁니다."

구릿빛 얼굴의 남자가 잠자코 있다가 말을 덧붙였다.

"그날 밤, 전 어떤 위험에도 처하지 않았습니다. 그런데도 아주 끔찍한 위험에 직면했던 시간들보다 더 큰 두려움을 느꼈어요. 작은 창으로 나타난 수염 난 얼굴에 총을 쏘던 그 짧은 순간의 두려움을 무엇에 비할 수 있을까요."

_1882년, 〈골루아〉 지에 처음 발표된 작품

비겟덩어리

전쟁에서 패하고 달아나는 군대의 병사들이 며칠 동안 연이어 도시를 지나갔다. 군대라고 할 수도 없는, 뿔뿔이 흩어진 패거리들에 불과했다. 더부룩이 자란 수염은 볼썽사나웠고, 누더기가 된 군복은 남루하기 짝이 없었다. 병사들은 연대도, 깃발도 없이 어깨를 축 늘어뜨리고 터덕터덕 걸어갈 뿐이었다. 하나같이 기력이 없고 낙심한 모습들이었으며, 사리분별 능력을 잃어버린 것처럼 남들이 걸으면 무작정 따라 걷다가 누군가 멈추면 맥없이 주저앉기 일쑤였다.

그중에서도 유독 무거운 총을 들고서 구부정하게 걷는 소집 병사들이 눈길을 끌었다. 그들은 연금을 받으며 근심

없이 평탄한 삶을 살다가 어느 날 덜컥 전쟁에 불려나간 이들이었다. 날쌔고 어린 유격대원들도 보였다. 쉽게 흥분해서 날뛰지만 금세 공포에 부들부들 떠는 어린 유격대원들은 언제든 도주할 태세로 공격에 임했을 게 뻔했다.

붉은 반바지를 입은 몇몇 병사들은 대규모 전투에서 겨우 살아남은 사단 보병들이었다. 이 각양각색의 보병들과 열을 맞춰 걷는 어두운 표정의 포병들도 있었다. 다른 병사들의 걸음걸이가 가벼워 보일 만큼 번쩍거리는 투구와 갑옷을 걸치고서 힘겹게 보조를 맞춰 걷는 용기병들의 모습도 간혹 보였다.

가히 영웅이라 불릴 만한 의용군 부대도 있었다. '패배한 전투의 복수자들', '무덤까지 가는 시민들', 혹은 '죽음을 불사하는 자들'이라고 불리는 그들은 도적 떼 같은 험악한 모습으로 지나가고 있었다.

그런 병사들의 우두머리는 직물이나 곡물, 비계기름이나 비누를 팔던 상인들이었다. 시절이 시절인지라 우연찮게 군인이 된 그들은 금화를 얼마나 갖고 있고, 수염 길이가 얼마나 긴가에 따라서 장교로 임명되었다. 허리춤에 무기를 차고 어깨에는 계급장을 달고서 호령하는 목소리로 작전 지시를 내리던 그들은 패배의 조짐이 짙은 프랑스를 오직 자신들의 어깨에 짊어진 양 허세를 부렸다. 그럼에도 그들은 자신들이 거느리는 부하들을 겁내기도 하고, 종종 분별없는 용맹을 떨치며 약탈과 방탕을 서슴없이 행하기도 했다.

사람들은 프로이센군이 곧 루앙에 쳐들어올 거라고 말했다. 두어 달 전부터 국민군은 인근 숲에서 경계 태세를 취하며 적의 동정을 살피고 있었다. 간혹 같은 편인 보초에게 총을 쏘거나, 가시덤불 아래로 토끼 한 마리가 지나가는 소리에 전투 태세를 갖추는 일도 심심찮게 일어났다. 그런 국민군도 이제 철수한 상태였다. 그들의 무기와 군복과 잔인한 살인 도구들은 국도 경계선 주변으로 3리까지 공포에 떨게 만들었으나 지금은 깡그리 자취를 감춘 터였다.

결국 마지막까지 생존한 프랑스 병사들이 생-스베르와 부르-아샤르를 거쳐 퐁-오드메르로 가기 위해 센 강을 건너기에 이른 것이었다. 맨 앞에서 병사들을 이끌고 가는 장군은 낙담한 듯 보였다. 잡다한 패잔병들을 데리고 무엇을 시도해본다는 말인가. 그는 전설과도 같은 용맹을 떨친 장군이었지만, 줄곧 승리만 거두던 프랑스가 대패하자 기백을 잃고서 부관 두 명의 부축을 받으며 허청허청 걷고 있었다.

그들이 지나간 후 도시에는 깊은 정적과 앞으로 닥칠 공포의 기운이 감돌았다. 수많은 배불뚝이 부르주아들은 장삿길이 막힌 데다 승리한 정복자들이 들이닥쳐 고기 굽는 꼬챙이나 부엌 식칼이 무기로 쓰이는 날이 올까봐 불안에 떨고 있었다.

삶이 그대로 멈추어버린 것 같았다. 상점들은 문을 닫았고, 거리는 고요했다. 숨 막힐 듯한 정적에 겁을 먹고 담벼락을 따라 줄행랑치듯 거리를 지나치는 마을 주민도 있었다. 그렇게 불안에 떨며 기다리느니 차라리 어서 적들이 쳐들어왔으면 싶기도 했다.

프랑스 군대가 떠난 다음 날 오후였다. 어디서 왔는지 모를 몇몇 창기병들이 빠르게 도시를 가로질러 갔다. 조금 후 검은 복장을 한 무리들이 생트-카트린 쪽에서 내려왔고, 또 다른 두 무리의 침략자들이 다르네탈과 부아기욤 거리에서 모습을 드러냈다.

바로 그때 선두로 나선 세 부대가 시청 광장에 집결했다. 주변 도로에 당도한 독일군들도 박자에 맞춰 둔탁한 걸음으로 보도를 쾅쾅 울리며 정렬하고 있었다.

크게 구령을 외치는 낯선 목소리들이 인기척마저 끊긴

집집마다 울려 퍼졌다. 사실 닫힌 덧문 뒤에 숨은 주민들은 도시를 장악한 승리자들을 몰래 염탐하고 있었다. 앞으로 저들이 '전쟁의 권한'으로 도시 전체와 주민들의 재산과 생명을 마음대로 쥐고 흔들 것이기 때문이었다.

어두침침한 방 안에서 적의 동정을 살피던 주민들은 뜻하지 않은 재앙과 살인에 대한 끔찍한 불안을 느꼈다. 어떤 지혜와 힘으로도 이에 대항할 수는 없었다. 이런 혼돈은 이제껏 지켜왔던 질서가 완전히 전복될 때 생겨나는 감정이었다. 더 이상 안전이 존재하지 않고, 인간이 만든 법이나 자연법칙이 보호해주던 것들이 잔혹하고 무자비한 폭력에 의해 송두리째 흔들릴 때 나타나는 감정이었다.

지진으로 무너진 집들에 사람들이 깔려 죽거나 홍수로 농부들과 소들과 지붕에서 뽑혀나간 들보가 물에 휩쓸려 갈 때, 혹은 승리한 군대가 반항하는 자들을 잔혹하게 죽이고 포로들을 잡아가고 칼로 약탈을 일삼고 대포 소리를 울리며 신을 찬미할 때 그건 끔찍한 재앙과도 같아서 영원한 정의에 대한 확신이라든가, 하늘의 보호하심과 인간의 이성으로 익히 알아왔던 믿음들이 모조리 흔들리고 마는 것이다.

어느새 병사들이 집집마다 파견되어 문을 두드리고 안

으로 사라졌다. 마을을 침공한 다음 본격적으로 주민들을 점령하기 시작한 것이었다. 이제 패자들은 승자들에게 친절을 베풀 의무가 생겼다.

얼마쯤 시간이 흐르자 처음의 공포감은 사라지고 다시금 평온이 찾아들었다. 프로이센 장교들은 몇몇 집들을 찾아다니며 주민들과 버젓이 식사를 하기도 했다. 간혹 양심 있는 침략자들도 있었다. 그들은 프랑스를 동정하며 이런 전쟁에 참여한 것에 대해 혐오감을 드러내기도 했다. 그런 감정을 드러내는 독일인들에게는 감사를 표해야 했다. 그런 장교들의 보호가 필요한 순간이 올지도 모르기 때문이었다. 그들을 잘 대접하면 식사를 제공해야 할 병사들의 입을 줄일 수도 있었다. 의존하지 않고서는 생존할 수 없는 누군가의 심기를 굳이 건드릴 필요가 있단 말인가? 그건 용기가 아니라 무모함에 지나지 않을 것이다.

루앙의 부르주아들은 영웅적으로 도시를 지켜 이름을 빛낸 시절도 있었지만, 이제 더 이상 무모하게 책잡힐 행동은 하지 않았다. 고고하고 예의바른 프랑스인들이라는 그럴싸한 구실을 둘러대며 사람들은 이런 생각을 하기에 이르렀다.

'공개적인 자리에서 독일군에게 친밀감을 드러내는 것

은 뭣해도 자기 집에서 깍듯이 대하는 건 괜찮다.'

밖에서는 모른 척해도 집에서는 그들과 기꺼이 담소를 나누었고, 저녁마다 독일인들이 난롯불을 쬐며 집에 머무는 시간도 점점 길어졌다.

도시는 차츰 일상의 모습을 찾아가고 있었다. 프랑스인들은 여전히 집 밖에 나가지 않았고, 거리에는 프로이센 병사들이 왁자하게 모여 있었다. 장교들은 푸른 제복을 입고 죽음의 공포를 느끼게 하는 무기들을 차고서 거만하게 거리를 활보했지만, 카페에서 술을 마시며 일반 시민들을 대할 때에는 작년에 만났던 프랑스 장교들과 별반 차이가 없어 보였다. 그럼에도 딱히 꼬집어 말할 수 없는 미묘한 기운이 감돌았다. 허공에서 떠도는 냄새처럼 가득 퍼져든 침략의 기운이 견디기 힘들 정도의 야릇한 분위기를 만들고 있었다. 집 안에도, 공적인 장소에도 그 냄새가 배어 음식 맛조차 예전 같지 않았다. 마치 위험이 도사리는 머나먼 야만인 부족의 나라로 여행을 떠나온 기분마저 들게 했다.

도시를 정복한 자들은 돈을, 그것도 많은 돈을 요구했다. 주민들은 꼬박꼬박 돈을 바쳤고, 특히 부자들은 더 심했다. 이상한 일이었다. 노르망디 상인들은 부자일수록 조금의 재산이라도 남에게 주는 것을 제 살을 떼어주는 것처럼 치 떨리게 싫어했기 때문이다.

도시에서 2, 3리쯤 떨어진 강의 지류를 따라 크루아쎄나 디에프달, 비에사르 쪽으로 가면 뱃사람이나 어부들이 독일군 제복을 입은 채 퉁퉁 부어올라서 떠오른 시체를 강바닥에서 건져 올리는 모습을 종종 엿볼 수 있었다. 칼에 찔렸거나 심하게 걷어차여 머리가 돌에 짓이겨졌거나, 아니면 높은 다리에서 떠밀려 강물로 떨어진 듯했다. 누구의 짓인지는 분명치 않지만, 이 야만적이고도 정당한 복수는 강바닥 진흙 깊숙이 묻혀버리기도 했다.

어느 익명의 영웅은 한낮에 벌이는 전투보다 훨씬 위험한 공격을 누구의 찬사도 없이 조용히 행하기도 했다. 그건 마을에 쳐들어온 이방인에 대한 증오심 때문이었다. 용감한 사람들은 사상을 위해 죽을 각오로 늘 무장하고 다녔다.

침략한 정복자들이 엄격한 규칙을 세워 도시를 꽁꽁 묶어놓기는 했어도, 항간에 떠도는 소문대로 개선행진 때 자행했던 잔혹한 짓은 더 이상 저지르지 않았다. 그래서인지 주민들은 점점 대담해졌고, 상인들은 다시 장사를 해야겠다는 욕심을 품었다. 어떤 상인들은 프랑스군이 주둔하고 있는 르 아브르에 많은 돈을 투자한 터라 육로를 통해 디에프로 간 다음 배로 르 아브르 항구에 가볼 마음을 먹기도 했다. 그러기 위해서는 잘 알고 지내던 독일 장교들의 세력을 이용해야 했다. 그들이 총사령관으로부터 여행 허가증을 내줄 수 있기 때문이었다.

드디어 여행을 위해 말 네 필이 이끄는 커다란 마차 한 대가 마련되었다. 열 명의 여행자들이 떠나는 데 필요한 절차도 다 밟았다. 길이 혼잡한 시간을 피해 화요일, 날이 밝기 전에 출발하기로 시간을 정했다.

며칠 전부터 영하의 날씨로 땅이 꽁꽁 얼어붙어 있었다. 월요일 세 시경, 북쪽에서 검은 먹구름이 몰려와 눈발이 흩날리더니 저녁나절부터 밤새도록 눈이 펑펑 쏟아졌다.

새벽 네 시 반에 여행자들은 노르망디 호텔 안마당에 모여 마차를 타기로 했다. 그들은 졸음에 겨운 눈으로 담요를 뒤집어쓴 채 오들오들 떨고 있었다. 깜깜한 어둠 속에서 서로를 알아보기는 힘들었지만, 무거운 겨울옷을 몇 겹씩 껴입어서인지 모두들 긴 사제복을 입은 살찐 신부 같아 보였다.

그중 일행인 것 같은 두 남자에게 한 남자가 다가가 말을 붙였다.

"전 아내와 함께 떠납니다."

"저도요."

"저도 그렇습니다."

처음 말을 붙인 남자가 덧붙였다.

"루앙에 가면 돌아오지 않으려고요. 만약에 프로이센군이 르 아브르까지 침범하면 영국으로 뜰 생각입니다."

기질적으로 비슷해 보이는 세 남자는 똑같은 계획을 갖고 있었다.

아직 마차에는 말이 매여 있지 않았다. 마구간 하인이 작은 등 하나를 들고서 컴컴한 문을 들락날락하더니 곧 다른 문으로 사라졌다. 퇴비 더미가 깔린 바닥에서 말들이 발을 구르는 소리가 둔탁하게 울렸고, 건물 구석진 곳에서는 그 짐승들을 어르고 꾸짖는 남자의 목소리가 들렸다. 마구를 다루는지 방울이 딸랑거리고 있었다. 말이 움직일 때마다 가벼운 딸랑거림이 박자를 맞추듯 들렸다 멈추기를 반복했다. 이내 편자 박은 발굽으로 말이 바닥을 내리치는 소리가 요란하게 울렸다.

하인이 재빨리 문을 닫자 소음이 그쳤다. 몸이 꽁꽁 언 부르주아들은 말없이 굳은 표정으로 뻣뻣이 서 있었다.

하얀 눈송이들이 커튼을 드리운 것처럼 하염없이 떨어지며 반짝거렸다. 땅 위에 있는 것들은 모양을 감추고 얼음 이끼들에 뒤덮여 있었다. 눈 속에 파묻힌 겨울의 도시는 숨 막힐 듯 고요했고, 눈발이 흩날리며 부딪치는 희미하고도 오묘한 소리만이 들릴 뿐이었다. 그건 소리라기보다 차라리 느낌에 가까웠다. 티끌처럼 가벼운 것들이 쉴 새 없이 뒤엉켜 허공을 가득 채우며 세상을 뒤덮고 있는 듯했다.

마구간 하인이 램프 등을 들고 다시 나타나 나오지 않으려는 말을 억지로 끌어내느라 고삐를 잡아당겼다. 남자는 마차 수레 앞에 말을 세우더니 끈으로 단단히 묶고 나서 한 손에 등불을 든 채 다른 손으로 장비들을 점검하며 말 주위를 오랫동안 서성거렸다. 그는 또 다른 말을 데리러 가려다 여행자들이 눈을 맞고 서 있는 모습을 보고는 말했다.

"마차에 타시지, 왜들 눈을 맞고 계세요?"

사람들은 미처 그 생각을 못했는지 그제야 서둘러 마차에 올라탔다. 세 남자는 아내들을 안쪽에 앉히려 먼저 태우고 나서 나중에 올랐다. 얼굴을 가리고 있어 어렴풋하게만 보이는 다른 사람들은 서로 아무 말도 나누지 않고 뒷자리에 앉았다.

사람들은 마차 바닥에 깔려 있는 짚에 얼른 발을 묻었다. 안쪽에 앉은 부인들은 구리로 된 작은 난로와 석탄을

꺼내 불을 지폈다. 부인들은 난로의 장점을 조곤조곤한 목소리로 말하더니 예전부터 알고 있던 이야기들로 대화를 이어갔다.

말 네 필로는 마차를 끌기 버거웠던지 합승마차에는 여섯 필의 말이 묶여 있었다. 밖에 있던 마부가 물었다.

"모두들 타셨죠?"

안에서 누군가 그렇다고 하자 이윽고 마차가 출발했다.

마차는 더듬거리듯 천천히 움직이다 눈 속에 바퀴가 박

혀버렸다. 마차 전체가 둔중하게 삐걱거리며 앓는 소리를 냈지만 이내 말들은 미끄러지듯 발을 굴리더니 거친 콧김을 내뿜으며 달리기 시작했다. 마부는 쉴 새 없이 채찍을 휘두르며 뱀 몸뚱어리가 휘어들다 꼿꼿이 서듯 살집 많은 말들의 엉덩이를 사정없이 내리쳤다. 마부가 거칠게 몰아붙일수록 말들은 바짝 긴장해서 속도를 냈다.

어느새 흐릿하게 날이 밝아오고 있었다. 루앙 토박이 여행자가 가볍게 날리는 눈송이를 보면서 솜털이 흩뿌려지는 것 같다고 했던 눈발은 이제 완전히 그쳤다. 침침하게 드리우고 있던 두터운 먹구름을 뚫고서 한 줄기 희미한 햇살이 내리꽂히고 있었다. 흰색으로 뒤덮인 들판이 더욱 환하게 빛을 발하는 것 같았다. 들판에는 서리가 낀 키 큰 나무들이 늘어서 있었고, 눈으로 두건을 두른 듯한 초가지붕들도 보였다.

어슴푸레한 빛이 감도는 틈을 타 마차에 있던 사람들은 호기심 어린 눈으로 서로를 흘끔거렸다. 제일 안쪽의 좋은 자리에는 그랑-퐁 거리에서 포도주 도매상을 하던 루아조 부부가 서로 마주 앉아 졸고 있었다.

루아조는 점원으로 일하던 가게의 사장이 사업에 망하자 그것을 인수해 제법 많은 돈을 벌었다. 시골 소매상들에게 질 나쁜 포도주를 싼값에 팔았던 그는 친구나 아는 사람들 사이에서 교활한 사기꾼으로 통했다. 쾌활하고 잇속 차리는 데에는 누구한테도 뒤지지 않는 천생 노르망디인이었다.

워낙에 그를 사기꾼이라고 평하는 소문이 자자해서 한 번은 도청 모임에서 이런 일도 벌어졌다. 고장에서 잘 알려진, 예리하고 바른말 잘하는 우화가이자 작사자인 투르넬 씨가 따분해하며 졸고 있던 부인들에게 게임을 하나 제안했다. 다름 아닌 <날강도 루아조> 게임이었다. 도청 모임에서 나왔던 말이 순식간에 도시로 퍼져 한 달간 모임이 있을 때마다 사람들은 턱뼈가 빠질 정도로 웃어댔다.

루아조는 천성적으로 익살기가 많아서 나쁜 일이건 좋은 일이건 농담으로 때우기로 유명했다. 그래서 그의 됨됨이를 말할 때면 사람들의 입에서는 "루아조, 그자는 참 별종이야"라는 말이 먼저 튀어나왔다.

작달막하고 배가 풍선처럼 튀어나온 그는 불그죽죽한 얼굴에 희끗한 구레나룻을 기르고 있었다. 그의 아내는 큰 키에 살집도 있고 목청이 컸으며 센스가 뛰어났다. 남편이 우스갯소리를 하며 가게를 휘젓고 다니는 동안 아내는 꼼꼼히 셈을 하며 뒷정리를 도맡아 했다.

그들 부부 곁에는 좀 더 근엄해 보이는 상류층의 카레 라마동 씨가 자리 잡고 있었다. 그는 방직공장을 세 개나 갖고 있어 업계에서는 꽤 알아주는 인물이었고, 프랑스 최고 권위의 훈장 레지옹 도뇌르를 받은 도의회 의원이기도 했다. 카레 라마동 씨는 제정시대 동안 줄곧 훌륭한 야당 지도자로 평가받았다. 그의 표현을 빌리자면, 자신의 정치 참여를 보다 가치 있게 하기 위해 그는 항상 정당한 방법으로만 싸웠다. 아내 카레 라마동 부인이 남편보다 훨씬 젊다는 점이 루앙에 주둔한 집안 좋은 장교들에게는 위안거리가 되기도 했다. 아담한 체구에 귀염성 있고 얼굴도 예쁜 카레 라마동 부인은 남편과 마주 앉아 모피 코트에 몸을 웅크리고서 초라하기 짝이 없는 마차 내부를 못마땅한 눈초리로 쳐다보고 있었다.

그 옆자리에는 노르망디에서 가장 오래된 귀족 이름을 가진 위베르 드 브레빌 백작과 백작 부인이 앉아 있었다. 풍채 좋은 노신사인 브레빌 백작은 앙리 4세와 닮았다는 것을 애써 강조하기 위해 유난스러운 옷차림으로 잔뜩 멋을 부리고 있었다. 가문의 영광처럼 내려오는 전설에 따르면 브레빌 가문의 어떤 부인이 앙리 4세의 아이를 가진 것을 계기로 그녀의 남편이 지방 총독 자리에 백작 신분까지 얻게 되었다고 했다.

카레 라마동 씨처럼 브레빌 백작도 도의회 의원이자 오를레앙 당 대표였다. 그런 그가 낭트의 작은 배 선주의 딸과 혼인한 사실은 여전히 의심스러운 구석이 있었다. 하지만 브레빌 백작 부인은 훌륭한 기품을 지니고 손님 접대를 아주 잘했으며, 한때 루이 필리프의 자제들 중 한 사람에게 구애 받은 사실이 있어 귀족들에게는 너나없이 환대를 받았다. 그래서인지 그녀가 이끄는 사교계 모임은 그 지방에서 유일하게 고고한 명맥을 이어갔고, 그 모임에 들어가는 것도 쉽지 않은 일이었다. 게다가 브레빌 가문은 부동산뿐인 재산으로 올리는 수입만도 50만 리브르나 되었다.

이 세 쌍의 커플이 마차 안쪽에 모여 앉아 있었다. 그들은 연금을 받아 평온하게 살아가는 권력가 계층들이었고, 종교적이고 도덕적인 신념들로 권위와 교양을 갖춘 이들이기도 했다.

우연치고는 기묘하게도 여인들은 같은 의자에 나란히 앉아 있었다. 백작 부인 옆으로는 두 명의 수녀가 긴 묵주를 돌리며 주기도문과 성모송을 암송하면서 로사리오 기도를 바치고 있었다. 나이 지긋한 수녀는 아주 가까이에서 포탄 세례를 받은 것처럼 얼굴 전체에 천연두로 얽은 오목오목한 자국들이 있었다. 다른 수녀는 아주 연약해 보였는데, 순교자나 신비적인 몽상가들이 그렇듯이 열렬한 신앙심 때문에 폐병을 앓았는지 아픈 사람처럼 수척하면서도 아리따운 얼굴이었다.

두 수녀의 맞은편에 앉은 남자와 여자가 모두의 시선을 끌었다. 남자는 잘 알려진 공화주의자 코르뉘데였다. 그는 내로라하는 명사들에게 공포심을 안겨주는 인물이었다. 20여 년 전부터 그는 시민 카페들을 전전하면서 붉은 수염이 젖도록 맥주를 마셔댔고, 과거 당과류 제조업자였던 아버지에게서 물려받은 많은 재산을 친구나 동지들과 먹고 마시느라 탕진해버렸다. 혁명적인 소비를 했던 만큼 그에 걸맞은 자리를 꿰차려고 그는 공화제가 되기만을 손꼽아 기다렸다.

드디어 공화제가 된 9월 4일, 누군가의 짓궂은 장난으로 코르뉘데는 자신이 도지사에 임명된 줄로 착각을 했다. 하지만 직위를 맡으려 도청에 갔을 때 유일하게 자리를 지키고 있던 부서장들이 한사코 인정해주지 않는 바람에 내쫓기듯 물러나야만 했다.

누군가에게 해를 끼칠 줄 모르고, 헌신적으로 남을 도울 줄 아는 호인인 그는 방어기지를 구축할 때 양팔을 걷어붙이며 열성을 보였다. 벌판에 구덩이를 판 다음 부근 숲에서 베어온 어린 나무들을 가로눕혀 도로 곳곳에 감쪽같이 함정들을 만들어놓았던 것이다. 그는 적군이 가까이 오자 미리 덫을 준비해놓은 것에 쾌재를 부르며 잽싸게 도시로 피신했다. 지금 코르뉘데는 새로운 방어기지가 필요해 보이는 르 아브르로 가는 것이 훨씬 유익한 일이라는 판단을 하고 있었다.

한편 여자는 화류계라고 불리는 곳에서 일하는 여인이

었다. 어린 나이에 뚱뚱해진 탓에 비곗덩어리라는 별명이 붙은 것으로 유명했다. 체구가 작은 데다 살이 찐 편이어서 전체적으로 통통해 보였다. 손가락은 마디마다 실로 조여 맨 것처럼 두둑하게 살이 올라 마치 비엔나소시지를 엮어서 만든 묵주처럼 보였다. 하지만 피부만큼은 팽팽하고 반지르르 윤기가 흘렀다. 풍만한 젖가슴이 옷 위로 불룩 솟아 탐스러운 매력을 풍겼고, 그래서인지 늘 남자들의 인기를 끌었다.

그녀의 싱싱함은 눈요기 감이 되기에 충분했다. 얼굴은 붉은 사과 같고, 갓 피어난 모란 꽃봉오리 같았다. 까만 눈은 아름다웠고, 그 위로 짙고 긴 눈썹이 그늘을 드리운 것처럼 또렷했다. 옥수수 알갱이들처럼 고르고 반짝이는 치아를 드러낸 입술은 앙증맞고 고혹적이었으며, 입맞춤을 원하듯 촉촉했다. 외모 말고도 그녀에게는 눈에 띄지 않는 많은 장점들이 있다고들 했다.

여자의 신분을 알게 되자 고상한 부인들 사이에서는 술렁이듯 속닥거리는 말소리가 오갔다. '매춘부'라는 말도 들렸다. '입에 올리기에도 창피한 여자'라는 험담이 제법 크게 들렸을 때 여자가 고개를 바짝 치켜들었다. 주위를 둘러보는 그녀의 시선이 어찌나 도발적이고 매서웠던지 금세 물을 끼얹은 듯 조용해졌다. 호기심에 들떠 여자를 요모조모 훑어보던 루아조만 빼놓고 모두들 눈을 내리깔았다.

시간이 조금 지나자 부인들 셋은 여자의 존재 때문에 속내를 터놓는 친구처럼 급속도로 가까워져 다시 대화를 이어갔다. 뻔뻔스럽게 몸을 파는 여자 앞에서 부인들로서의 품위를 지키려면 그녀들은 한통속으로 똘똘 뭉쳐야 할 것 같았다. 합법적인 사랑은 헤픈 여자의 사랑을 늘 경멸하기 때문이었다.

남자들 셋도 매한가지였다. 코르뉘데라는 존재로 인해 그들은 본능적으로 보수당원의 성향이 되살아나 부쩍 친밀감을 보였다. 그들은 가난한 자들을 업신여기는 투로 돈에 관한 이야기를 꺼냈다.

브레빌 백작은 프로이센 사람들 때문에 피해 입은 이야기를 했다. 빼앗긴 가축과 손해 본 수확물만도 엄청났지만, 갑부인 대영주로서 그가 장담하건대 1년 치 피해밖에는 안 될 거라고 떠벌렸다. 방직사업으로 큰 어려움을 겪은 적이 있는 캬레 라마동 씨는 영국에 60만 프랑을 일찌감치 송금해두었다고 했다. 목마를 때 꺼내 먹는 배처럼 만일의 사태를 대비해둔 것이었다. 루아조로 말할 것 같으면 저장고에 남겨둔 질 나쁜 포도주를 전부 프랑스군 보급 부대에 팔기로 조치를 해놓았다고 했다. 국가로부터 받게 될 어마어마한 돈을 그는 르 아브르에서 챙길 심산이었다.

남자들 셋은 재빨리 우호적인 눈길을 주고받았다. 서로 처한 상황은 달랐지만, 그들은 돈을 통해 형제애 같은 것을 느끼고 있었다. 그런 유대감은 돈 많은 자들이 바지 주머니에 손을 집어넣고 쩔렁쩔렁 금화 소리를 내면서 잰 척하는 것과 같았다.

아침 열 시가 됐지만 굼벵이처럼 느린 마차를 타고 고작 40리밖에 가질 못했다. 남자들 셋은 차례로 마차에서 내려 언덕으로 올라갔다. 사람들은 불안해지기 시작했다. 토트에서 점심을 들기로 되어 있었지만, 이 속도로는 밤이 되기 전에 도착할 가망이 전혀 없어 보였다. 각자 술집이라도 있는지 살피는데, 하필이면 그때 마차가 눈 속에 또 처박히는 바람에 눈구덩이에서 마차를 빼내는 데 두 시간이나 걸렸다.

허기가 심해지자 마음마저 심란했다. 프로이센군이 쳐들어온 데다 굶주린 프랑스 군대가 지나갈까봐 생업에 종사하는 모든 이들이 경계를 하며 숨어 있어서인지 술 파는 가게조차 보이지 않았다.

남자들이 간단히 먹을 식량을 구하려고 길가 농장으로 달려갔지만 빵도 구하기 힘들었다. 병사들이 입에 넣을 음식을 찾아내기만 하면 강제로 빼앗는 터라 농부들은 약탈이 무서워 비축해둔 식량을 꽁꽁 감춰두었다.

오후 한 시 무렵, 마침내 루아조가 뱃속이 뻥 뚫린 것처럼 허기가 져서 견딜 수가 없다며 운을 뗐다. 다른 사람들도 아까부터 똑같이 허기를 느꼈고, 먹고 싶은 욕구가 점점 강렬하고 커지면서 말문도 닫혔다.

이따금 누군가 하품을 하면 다른 사람이 따라 했다. 저마다 성격이나 사회적인 지위에 따라 입을 쩍 벌려서 요란하게 하품을 하기도 하고, 예의를 차려 입김이 나오는 입을 얼른 손으로 틀어막으며 다소곳이 하품을 하기도 했다.

그때 비곗덩어리가 치마 밑에서 무언가를 찾는 것처럼 여러 차례 몸을 수그렸다. 잠시 머뭇대던 그녀는 옆에 있는 사람들을 쳐다보다가 차분히 몸을 일으켜 세웠다. 사람들의 얼굴이 파리하게 일그러져 있었다.

루아조는 햄을 살 수만 있다면 한 조각에 천 프랑이라도 내겠다며 큰소리쳤다. 그의 아내는 남편을 윽박지르려다 그만두었다. 그녀는 돈을 함부로 쓴다는 이야기만 들어도 기분이 언짢았고, 그런 식의 농담 자체를 이해하지 못했다.

백작이 말했다.

"사실은 나도 기분이 찜찜하군요. 어째서 먹을 걸 싸갖고 올 생각을 못했을까요?"

각자 똑같은 자책들을 하고 있었다. 한편 코르뉘데는 물통에 럼주를 가득 채워온 터였다. 그가 물통을 건네자 사람들은 차갑게 거절했다. 루아조만이 두 모금쯤 마시고는 통을 돌려주며 고맙다고 말했다.

"어쨌든 마시고 나니 몸이 후끈 달아오르고 허기가 가셔서 좋군요."

술이 들어가자 기분이 좋아진 그가 엉뚱한 제안을 했다. 노래 가사에 나오듯 작은 배에 탄 승객들 중 가장 살찐 사람을 잡아먹자는 이야기였다. 암암리에 비곗덩어리를 빗댄 것이었다. 이 말을 듣고 교양 있는 사람들은 어처구니없다는 듯 대꾸도 하지 않았다. 코르뉘데만이 픽 웃음 지을 뿐이었다. 수녀들은 중얼중얼 읊던 로사리오 기도를 멈추고 품 넓은 소매에 양손을 찔러 넣었다. 루아조가 가한 고통을 하늘에 바치려는지 두 수녀는 완강하게 눈을 내리깔고는 요지부동으로 앉아 있었다.

어느새 세 시가 되었다. 마을이라고는 보이지 않는 끝없는 벌판을 가로지를 때였다. 비곗덩어리가 민첩하게 몸을 숙이더니 의자 밑에서 흰 수건으로 덮은 큼지막한 바구니 하나를 끄집어내고 있었다.

그녀는 바구니에서 도자기로 된 작은 접시와 목이 가는 은잔을 먼저 꺼냈다. 그런 다음 커다란 단지를 꺼냈는데, 그 안에는 칼집을 내서 통째 젤리 상태로 절인 통닭 두 마리가 들어 있었다. 바구니 안에는 종이에 싼 파이와 과일과 달달한 사탕도 보였다. 또 음식 보따리에는 술병 주둥이 네 개가 비죽 나와 있었다. 3일간 여행하는 동안 여인숙에서 내주는 음식을 먹지 않으려고 그녀가 손수 준비한 음식들이었다. 그녀는 닭 날갯죽지를 하나 들고 노르망디에서 '레장스'라고 부르는 작은 빵과 함께 맛있게 먹기 시작했다.

사람들의 눈길이 일제히 그녀에게 쏠렸다. 음식 냄새가 퍼져들자 사람들은 코를 벌름거리며 흥건히 고이는 군침을 참느라 입을 꽉 다물어 귀 밑 턱관절이 아플 지경이었다. 부인들 사이에서는 여자에 대한 맹렬한 경멸감이 들끓었다. 차라리 그녀를 죽여버리거나, 술잔과 바구니와 음식들을 실어 그녀를 눈 속으로 내던져버리고 싶은 심정이었다.

루아조는 닭이 든 단지를 탐나는 듯 쳐다보더니 말을 꺼냈다.

"부인은 준비를 다 해오셨군요. 우리보다 낫습니다. 모든 걸 늘 대비해두는 사람들이 있죠."

그녀가 그에게 고개를 돌렸다.

"좀 드시겠어요? 아침부터 굶어서 힘드실 텐데."

루아조가 반색을 했다.

"암요, 솔직히 말하면 사양하고 싶지 않습니다. 더는 참을 수가 없군요. 전쟁 때이니 전쟁 때에 맞게 행동해야 하지 않겠습니까, 부인?"

그는 주위를 흘깃거리며 말을 덧붙였다.

"이런 순간에 친절을 베푸는 사람을 만나다니 여간 고맙지 않군요."

루아조는 바지에 얼룩이 지지 않도록 들고 있던 신문을 펼친 다음 주머니에 늘 넣고 다니는 칼을 꺼냈다. 그리고 젤리로 범벅이 된 닭다리 하나를 잘라서 물어뜯었다. 그가 어찌나 흡족하게 쩝쩝거리며 씹어댔던지 마차 안에서는 고통스러운 한숨이 탄식처럼 흘러나왔다.

비곗덩어리는 공손하고 나긋한 목소리로 수녀들에게도 간식을 나눠먹자는 말을 건넸다. 수녀들도 기다렸다는 듯이 호의를 즉각 받아들였다. 그녀들은 어물어물 감사하다는 말을 하고는 고개도 들지 않고 다급히 먹기 시작했다. 코르뉘데 역시 그녀의 제안을 거절하기는커녕 무릎 위에 신문지를 펼쳐놓고 수녀들과 식탁 비슷한 모양을 만들기까지 했다.

그들은 쉴 새 없이 입을 벌렸다 닫았다 하며 음식을 넣고 씹고 삼키고 있었다. 자기 자리에서 열심히 먹어대던 루아조가 아내에게 나지막한 목소리로 함께 들자는 말을 했다. 한참 버티는 듯싶던 그녀도 뱃속이 꼬이며 경련이 이는 것을 더는 참을 수 없었다. 남편 루아조가 한껏 살가운 말투로 '매력적인 동행녀'에게 아내에게도 한 조각 줘도 되겠느냐고 물었다. 비곗덩어리는 "그럼요, 물론이죠"라고 답하고는 상냥한 미소를 띠며 그녀에게도 단지를 내밀었다.

난처한 일이 벌어진 건 보르도산 포도주 병을 처음 땄을 때였다. 잔이 하나밖에 없었기 때문이다. 어쩔 수 없이 마시고 난 잔을 닦아서 돌려야 했다. 흑심을 품은 것을 내비치려 했던지 코르뉘데만은 옆에 앉은 비곗덩어리의 촉촉한 입술이 지나간 자리에 입을 대고 마셨다.

브레빌 백작과 백작 부인은 음식을 먹는 사람들에 둘러

싸여 그 냄새에 숨이 막혀버릴 지경이었다. 캬레 라마동 부부 역시 마찬가지였다. 탄탈로스가 겪은 극심한 형벌이 따로 없었다.(탄탈로스는 그리스 신화의 인물로 신들의 음식을 훔치고 신들을 시험한 죄로 나락에 떨어져 영원한 형벌을 받았다. 물은 가슴까지 차오르고 머리 위에는 과일이 매달린 가지가 늘어져 있었지만, 물을 마시려 고개를 숙이면 물은 말라버리고 과일을 따려 손을 뻗으면 나뭇가지가 높이 올라가 영원한 갈증과 배고픔에 시달렸다.)

갑자기 방직공장 주인의 젊은 아내가 신음을 내지르는 바람에 사람들이 일제히 고개를 돌렸다. 그녀의 안색이 마차 밖에 쌓인 눈만큼이나 창백했다. 이윽고 그녀는 눈을 감더니 고개를 툭 떨어트렸다. 의식을 잃은 것이었다. 남편은 어찌할 바를 모르고 사람들에게 도움을 청했다.

저마다 당황해 어찌할 바를 모르고 있을 때 나이 지긋한 수녀가 환자의 머리를 손으로 받치더니 비곗덩어리가 가져온 술잔을 기울여 입술 사이에 포도주를 흘려 넣었다. 예쁜 부인은 포도주를 몇 모금 마시고 의식이 돌아왔는지 눈을 뜨고서 미소 지었다. 기분이 훨씬 나아졌다고, 그녀가 힘이 다 빠진 목소리로 말했다. 수녀는 또 정신을 잃지 않도록 잔에 가득 따른 포도주를 그녀에게 억지로 마시게 했다.

수녀가 말했다.

"굶어서 그런 겁니다. 별일 아니에요."

그때 비곗덩어리가 발개진 얼굴로 당황스러워하며 아직껏 아무것도 먹지 못한 네 명의 여행자들을 쳐다보면서 더듬더듬 말했다.

"어쩌다 이런 일이……. 여기 계신 분들 모두에게 음식을 드렸으면 했는데……."

그녀는 행여 그들의 기분이 상했을까봐 두려운 마음에 말을 잇지 못했다.

루아조가 끼어들었다.

"아무렴요, 이럴 땐 모두가 형제이니 서로 도와야 합니다. 자, 부인들. 격식 차리지 마시고 함께 드세요. 뭐, 어떻습니까! 오늘 밤 묵을 집이라도 찾게 될지 알게 뭡니까? 이 속도로 가다간 내일 정오까지 토트에 닿지도 못할 텐데요."

아무도 "그럽시다"라고 책임 있게 말하지 않았기 때문에 사람들은 머뭇거리고만 있었다. 그때 백작이 해결사로 나섰다. 그는 주눅이 든 뚱뚱한 여인에게 고개를 돌리더니 신사의 체면을 유지하며 말했다.

"그럼 부인, 감사한 마음으로 들겠소."

첫발을 내딛기가 힘들 뿐이었다. 일단 루비콘 강을 건너면 그다음부터는 거리낄 게 없었다. 바구니는 금세 동이 났다.(B.C. 49년, 율리우스 카이사르의 군대는 로마 원로원이 정한 법을 어기고 루비콘 강을 건넜고, 3년의 내란 끝에 카이사르는 로마 제국의 통치자가 되었다. "루비콘 강을 건너다"라는 말은 어떤 행동 과정으로 이끄는 첫 발걸음을 뜻한다.) 그래도 아직은 거위 간으로 만든 파이와 종달새로 만든 파이, 소의 혀를 훈제한 요리, 겨울에 먹는 저장 배, 퐁-레베크산 치즈, 케이크, 식초에 절인 오이와 양파가 바구니에 남아 있었다. 비곗덩어리도 여느 여인들처럼 생야채를 좋아했다.

사람들은 비곗덩어리가 갖고 온 음식을 먹으면서 그녀와 아무 이야기도 나누지 않을 수는 없었다. 처음에 경계하는 눈빛이 역력했던 사람들도 그녀의 마음씀씀이가 곱다는 것을 알아채고는 스스럼없이 대하게 되었다. 브레빌 백작 부인이나 캬레 라마동 부인은 깍듯이 예의를 차리며 우아하고도 세련되게 행동했다. 특히 누구를 만나든 자기 명예를 더럽히지 않으려는 여인들이 그렇듯이 백작 부인은 상냥하고도 호의적인 태도로 그녀를 대했다. 그와 달리 무뚝뚝하고 곧은 성격의 루아조 부인은 줄곧 무표정한 얼굴로 말없이 남들보다 더 많이 먹어댔다.

대화는 자연스레 전쟁에 대한 이야기로 이어졌다. 프로이센군이 저지른 끔찍한 잔악상과 프랑스군의 용맹성에 대해서도 이야기했다. 전쟁을 피해 도망치는 그들로서는 다른 이들의 용기에 경의를 표하지 않을 수 없었다. 곧이어 사적인 이야기가 시작되었다. 비곗덩어리는 진심으로 울컥하여 그녀 같은 부류의 여인들이 이따금 격한 분노를 드러낼 때 자연스레 튀어나오는 화끈한 말투로 루앙을 떠나오게 된 경위를 털어놓았다.

그녀가 말했다.

"처음엔 계속 머물러 살 수 있을 거라고 생각했어요. 집에 먹을 양식도 많겠다, 타지를 떠도느니 병사 몇 명쯤 먹여 살리는 편이 낫겠다 싶었죠. 그런데 웬걸요. 그 프로이센군들을 직접 대하고 보니 도저히 참을 수가 없더군요! 그놈들을 보면 분노의 피가 내 몸속을 마구 휘젓고 다니는 것 같았어요. 하루 종일 치욕감에 눈물을 펑펑 쏟았죠. 오, 내가 남자였다면 절대 그들을 가만두지 않았을 거예요! 창가에서 각진 철모를 쓰고 지나가는 돼지 같은 녀석들을 보면 그놈들 등짝을 향해 손에 집히는 대로 아무거나 집어던지고 싶었지만 하녀가 나를 막아 세우곤 했어요. 얼마 후 내 집에 묵으러 온 병사에게 처음으로 멱살을 쥐고 달려들었답니다. 그놈들이라고 목 졸라 죽이는 게 더 어려울 것도 없잖아요! 누군가 내 머리채를 잡아당기지 않았다면 그 자리에서 끝장을 내고 말았을 겁니다. 그런 일이 있고 나서 전 숨어 다녀야만 했어요. 그러다 마침내 기회가 찾아와 이렇게 떠나오게 된 거예요."

사람들은 그녀에게 아낌없이 찬사를 보냈다. 그렇게 용기 있지도, 대차게 행동하지도 못했던 동행인들은 그녀를 존중하고 높이 평가하게 되었다. 코르뉘데는 비곗덩어리가 이야기하는 동안 줄곧 하느님을 찬양하는 독실한 신자의 말을 듣는 사제처럼 호의적인 미소를 짓고 있었다. 하긴 사제복을 입은 사람들이 종교를 독점한 것이나, 털보 공화주의자들이 애국심을 그들만의 전유물로 여기는 것이나 매한가지였다.

이제 코르뉘데가 이야기할 차례였다. 매일 벽에 붙어 있는 성명서들을 보고 배운 터라 융통성이라고는 찾아볼 수 없이 겉멋만 잔뜩 들어간 말투였다. 이윽고 그는 '바댕게의 악당(나폴레옹 3세의 별명이다. 루이 나폴레옹은 나폴레옹 1세의 조카로 프랑스 제2공화국의 대통령이자 제2제정의 황제가 되었다. 나폴레옹의 이념인 보나파르트주의를 신봉하여 프랑스의 영광을 되살리고자 했고, 대통령이 된 후 공화파를 내몰고 보나파르트 당원들을 정부요직에 앉혔다. 전제정치로 프랑스에 20여 년에 걸친 번영을 안겨주었으나 결국 프랑스-프로이센 전쟁에서 패했다.)'을 당당히 비난하는 웅변조로 이야기를 끝맺었다.

코르뉘데의 이야기가 끝나기 무섭게 비곗덩어리가 화를 냈다. 보나파르트당을 지지하는 그녀는 버찌보다 더 새빨개진 얼굴로 분개한 듯 말했다.

"당신 같은 공화주의자들이 그분 자리에 있었다면 어땠을지 궁금하군요. 그건 말도 안 되는 일이죠, 암요! 그분을 배반한 건 바로 당신들이라고요! 당신처럼 막돼먹은 사람들이 나라를 다스렸다면 프랑스를 떠나야만 했을걸요!"

코르뉘데는 태연한 척 거들먹거리며 오만한 웃음을 짓고 있었다. 자칫 험악한 말이 튀어나올까 조마조마해하던 찰나에 백작이 끼어들었다. 백작은 진지한 의견은 모두 존중되어야 마땅하다고 근엄하게 말하며 흥분한 여인의 마음을 간신히 가라앉혔다.

백작 부인과 방직공장 주인의 부인은 창녀임에도 불구하고 자신들과 너무나 비슷한 감정을 가진 데다 품격도 갖춘 비곗덩어리에게 끌리고 있었다. 부인들 역시 공화파 사람들에게 딱히 말로 표현할 수 없는 증오심을 품고 있었다. 위대한 전제정치를 행하는 정부에 대해 여자들은 누구나 본능적인 애정을 갖고 있었다.

어느새 바구니는 바닥이 났다. 열 명의 사람들은 바구니가 좀 더 크지 않은 게 아쉬울 만큼 간단히 그 많은 음식들을 먹어치웠다. 얼마 동안 대화는 지속되었지만, 먹을 게 동이 나버리자 조금 맥이 풀린 듯했다.

해가 기울면서 점점 어둠이 짙어졌다. 음식이 소화되는 동안은 추위에 더 민감한 법이었다. 비곗덩어리는 살이 쪘는데도 추위에 오들오들 떨고 있었다. 브레빌 백작 부인이 아침부터 석탄을 여러 차례 갈았던 발난로를 쓰겠냐고 묻자 발이 시렸던 그녀는 곧바로 그러겠다고 했다. 카레 라마동 부인과 루아조 부인은 자신들의 발난로를 수녀들에게 건넸다.

마부가 밝혀놓은 등불이 땀에 젖은 말들의 엉덩이 위로 스멀스멀 김이 올라오는 모양새와 길 양쪽으로 불빛에 반사되는 공간의 눈을 선명하게 비추고 있었다. 마차 내부는 아무것도 분간할 수 없을 만큼 캄캄했다. 그때 갑자기 비곗덩어리와 코르뉘데 사이에 무슨 마찰 같은 것이 일었다. 루아조는 어둠 속을 살피느라 눈을 부라렸다. 남들이 알아채지 못하게 살짝 몇 대 맞았는지 털보 남자가 다급히 옆으로 물러나 앉는 것을 언뜻 본 듯도 했다.

길 정면으로 마을의 불빛들이 점점이 나타났다. 토트에 도착한 것이었다. 열한 시간을 달려왔지만 말들에게 귀리를 먹이느라 네 번 쉰 두 시간과 휴식 시간까지 더하면 열네 시간이나 걸린 셈이었다. 마을로 진입한 마차는 코메르스 여인숙 앞에서 멈추었다.

드디어 마차 문이 열렸다! 순간 익히 들어본 소음에 여행자들 모두 화들짝 놀랐다. 딱딱한 군검이 땅에 부딪치며 내는 소리였다. 곧바로 무어라고 고함치는 독일인의 목소리가 들렸다.

마차가 멈추었지만 밖으로 나가면 참혹한 죽음이라도 당할 것 같은 예감에 아무도 내리려 하지 않았다. 그때 마부가 등 하나를 손에 들고 나타났다. 불빛이 마차 깊숙이 두 줄로 앉은 사람들의 얼굴을 일제히 비추었다. 여행자들은 느닷없이 들이닥친 불빛에 하나같이 겁먹고 놀란 표정으로 입을 벌린 채 눈은 커다랗게 뜨고 있었다.

마부 옆으로 독일 장교 하나가 환한 불빛 속에 서 있었다. 꺽다리에 몸은 깡마른, 금발머리의 젊은 장교였다. 여인들이 코르셋을 착용한 것처럼 몸에 꼭 죄는 군복을 입고, 동글납작한 방수포 모자를 엇비슷이 쓰고 있었다. 마치 영국 호텔에서 일하는 제복 입은 벨보이를 보는 듯했다. 유독 눈길을 끄는 것은 터무니없이 긴 그의 일자 수염이었다. 곧게 이어진 수염은 끝을 알 수 없을 정도로 한없이 가늘어지더니 노란색 털 한 가닥만을 남겨둔 채 양쪽 입가에 잔뜩 힘을 준 모양새였다. 빳으로 치켜올라간 수염은 입술 위에 주름 하나를 새기고 있는 듯했다.

독일 장교는 알자스에서 쓰는 불어로 여행자들에게 내릴 것을 권했다. 투박하고 억센 말투였다.

"신사 숙녀 여러분, 그만 내리십시오."

두 수녀가 맨 먼저 내렸다. 순종에 익숙한 성녀들처럼 그녀들은 장교의 말에 온순히 따랐다. 그다음으로 백작과 백작 부인이 모습을 드러냈고, 이어 방직공장 주인과 그의 아내가, 그리고 키 큰 아내를 앞세우고 루아조가 마차에서 내렸다.

루아조는 땅에 발을 내딛자마자 장교에게 인사를 건넸다.

"안녕하십니까, 선생님."

예의를 차린 인사라기보다 어딘가 긴장감이 어린 말투였다. 상대는 막강한 힘을 가진 자들이 그러듯이 대꾸도 하지 않은 채 거만하게 그를 쏘아보았다.

문 가장 가까이에 앉아 있던 비곗덩어리와 코르뉘데가

맨 마지막으로 내렸다. 적군 앞에서 도도하고 무게를 잃지 않으려는 모습이었다. 뚱뚱한 여인은 침착하게 마음을 다잡으려는 기색이 역력했다. 반면 공화주의자는 약간 떨리는 손으로 침통하게 적갈색 수염을 매만졌다. 이런 만남에서는 각자 자신의 나라를 대표한다는 느낌이 들어서인지 모두 하나같이 위엄을 잃지 않으려 애썼다.

비곗덩어리는 동행한 사람들의 고분고분한 태도에 반발심마저 일었다. 그래서 나란히 서 있는 정숙한 부인들보다 고개를 더욱 꼿꼿이 들고 있었다. 코르뉘데도 스스로 귀감이 되어야 한다는 것을 여실히 깨닫고 도로마다 구덩이를 파는 일로 저항을 드러내려 했던 사명감을 줄곧 태도로 보여주기로 했다.

일행은 여인숙에 딸린 넓은 부엌으로 들어갔다. 독일 장교는 총사령관이 서명한 여행 허가증을 제시하라고 명했다. 그는 거기 적힌 이름과 인상착의와 직업을 일일이 대조하며 여행자 한 사람 한 사람을 오래도록 조사했다.

"좋소."

이윽고 장교가 사라지자 사람들은 안도의 숨을 내쉬었다. 그들은 아직도 허기가 가시질 않아 일단 저녁식사부터 주문했다. 식사를 준비하는 데 30분쯤 걸린다고 해서 두 하녀가 요리하는 동안 그들은 방 구경을 하러 갔다. 긴 복도를 따라 방들이 있었고, 화장실임 직한 방 번호가 표시된 유리문이 맨 끝에 있었다.

식탁 앞에 앉으려던 차에 여인숙 주인이 모습을 드러냈다. 예전에 말장수를 했던 폴랑비라는 성을 가진 자였다. 살이 찐 그는 천식기가 있는지 계속 거칠게 가쁜 숨을 몰아쉬며 목에서 가래가 끓는 그르렁거리는 소리를 냈다.

폴랑비가 물었다.

"어느 분이 엘리자베트 루세 양이죠?"

비곗덩어리가 소스라치듯 놀라며 뒤돌아보았다.

"전데요."

"아가씨, 프로이센 장교가 지금 하실 말씀이 있다는군요."

"저한테요?"

"그래요, 댁이 엘리자베트 루세 양이 맞다면요."

그녀는 혼란스러웠다. 잠시 생각을 더듬던 비곗덩어리가 단호하게 말했다.

"만날 수도 있겠지만 전 가지 않겠어요."

그녀를 둘러싸고 술렁임이 일었다. 비곗덩어리를 왜 호출한 것인지 그 이유에 대해 사람들마다 의견이 분분했다.

백작이 그녀에게 다가와 말했다.

"당신 생각은 옳지 않군요. 당신이 거절하게 되면 당신뿐 아니라 여기 함께 온 우리 모두가 상당히 곤혹스러워질 수 있어요. 강한 자들에겐 절대로 맞서면 안 돼요. 장교가 만나자고 하는 건 틀림없이 다른 이유에서일 겁니다. 절차상 뭔가 잊은 게 있을 수도 있잖아요."

일행 모두 백작의 편을 들어 그녀를 설득했다. 간곡하게 말하기도 하고 재촉하기도 하고 설교를 늘어놓기도 하며 그녀의 섣부른 생각 때문에 자칫 계획이 흐트러질까봐 모두 두려워했다.

이윽고 그녀가 말했다.

"그렇다면 여러분들을 위해서 다녀오지요!"

백작 부인이 그녀의 손을 잡았다.

"고맙게 생각해요."

비곗덩어리가 나갔다. 사람들은 함께 식사할 생각으로 그녀를 기다렸다. 저마다 과격하고 성깔 있는 여인 대신 불려가지 않은 것을 못내 아쉬워하면서 여차하면 호출될지 모르는 상황에 대비해 마음속으로 진부한 말들을 준비했다.

10분가량 흐른 뒤 그녀가 모습을 나타냈다. 분이 가시지 않은 듯 숨을 몰아쉬며 발갛게 상기된 얼굴이었다.

비곗덩어리가 중얼거렸다.

"천박한 놈! 천박한 놈!"

모두들 무슨 일인지 알고 싶어 안달했지만, 그녀는 아무 말도 하지 않았다. 백작이 다그쳐 묻자 그녀는 고고한 자존심이 깃든 표정으로 대꾸했다.

"아니에요, 여러분들과는 상관없는 일이라 말씀 못 드리겠어요."

하는 수 없이 사람들은 양배추 냄새가 나는 수프 앞에 둘러앉았다. 뭔가 긴박함이 감도는 분위기였지만 식사는 즐거웠다. 루아조 내외와 수녀들은 돈을 아끼기 위해 값싼 사과주를 시켰는데 그 맛이 일품이었다. 다른 이들은 포도주를 주문했다.

코르뉘데는 굳이 맥주를 마시겠다고 우겼다. 그는 병마개를 따 거품이 일도록 잔을 채우고는 살짝 기울인 채 맥주를 유심히 들여다보았다. 그러더니 램프 등을 향해 맥주잔을 들어 올려 빛깔을 감상하는 묘한 행동을 취했다. 맥주를 들이켰을 때 그의 더부룩한 수염은 평소 그가 좋아하는 술의 빛깔을 띠며 파르르 떨리는 듯했다. 사팔뜨기처럼 초점을 모은 채 술잔에서 잠시도 눈을 떼지 않는 모습은 오로지 그 일을 하기 위해 태어난 사람처럼 보였다. 그의 인생을 온전히 바친 두 가지 위대한 열정이 있다면 바로 은은한 빛깔의 맥주와 혁명일 것이다. 그는 둘 사이에 어떤 유사성이나 공통점이 있는지 찾으려 골몰한 듯한 표정이었다. 단언컨대 둘을 따로 떼어놓고서는 맥주 맛을 음미할 수 없었으리라.

폴랑비 부부는 식탁 끝자리에 앉아 저녁식사를 했다. 폴랑비는 헉헉거리는 고물 기관차처럼 숨을 헐떡거리며 식사를 했다. 밥을 먹으며 말하기에는 폐활량이 딸리는지 그는 줄곧 먹기만 했다. 반면 그의 아내는 쉬지 않고 떠들어댔다. 그녀는 프로이센군이 당도했을 당시 그들의 몸짓과 말투를 하나도 빠트리지 않고 낱낱이 설명했다. 그들에게 돈을 뜯긴 것도 모자라 두 아들까지 군대에 보냈으니 폴랑비 부인으로서는 증오심이 클 수밖에 없었다. 상류층 부인과 대화를 나누는 게 즐거웠던 그녀는 유독 백작 부인에게만 말을 걸었다.

시간이 조금 지나자 폴랑비 부인이 꺼내기 힘든 이야기를 하려는 듯 목소리를 낮추었다. 남편은 이따금씩 끼어들어 그런 그녀를 제지했다.

"여보, 잠자코 있는 게 나아."

하지만 그녀는 개의치 않고 말했다.

"그렇다니까요, 부인. 그자들은 감자와 돼지고기만 번갈아 먹는다고요. 그자들이 깨끗할 거라고 생각하면 오산이에요. 절대 그렇지 않습니다! 실례를 무릅쓰고 말씀드리는데요, 그자들은 아무 데서나 똥을 누어요. 허구한 날 훈련한답시고 들판에서 살다시피 한다고요. 앞으로 갔다 뒤로 갔다, 이리로 돌았다 저리로 돌았다, 그 짓만 하는 거예요. 차라리 땅을 갈든지, 아니면 자기네 나라로 돌아가 길이라도 내든지, 그게 뭐예요! 부인, 말이야 바른 말이지, 그런 군대는 아무짝에도 쓸모없어요! 가난한 우리가 사람 죽이는 거밖에 안 배우는 그런 놈들을 먹여 살릴 필요가 있나요! 전요, 일자무식에 나이만 먹은 여편네지만, 아침부터 저녁까지 녹초가 되도록 발을 탕탕 구르며 걸어다니는 그치들을 보면 이런 생각밖에 안 들어요. 세상에는 보탬이 되려고 많은 발명품들을 만들어내는 사람들이 있는가 하면, 어떤 치들은 해를 끼치려고 악한 짓만 숱하게 저지르는구나, 하고요! 사실 프로이센군이든 영국군이든 폴란드군이든 프랑스군이든, 사람을 죽이는 건 천하에 몹쓸 짓이잖아요? 그런데 잘못은 자기들이 저질러놓고 당한 사람이 복수하면 그건 악이라고 죄를 선고하고, 사냥꾼처럼 우리

자식새끼들을 이 잡듯이 총으로 쏘아죽이면 그건 잘한 일이라고 많이 죽인 놈한테 떡하니 훈장까지 주다니요? 난 도무지 이해가 안 돼요!"

코르뉘데가 갑자기 목소리를 높였다.

"평화로운 이웃을 공격할 때 전쟁은 야만 행위가 되지만, 조국을 수호할 때에는 신성한 의무가 됩니다."

나이 지긋한 부인은 고개를 숙였다.

"그렇지요, 자기 나라를 지키는 건 또 다른 문제지요. 그럼 자기 만족을 위해 그런 짓거리 하는 왕들을 모조리 잡아 죽여야 하지 않을까요?"

코르뉘데의 눈에서 불꽃이 튀었다.

"브라보, 시민 동지!"

캬레 라마동 씨는 잠시 깊은 생각에 잠겼다. 비록 유명한 장군들을 광적으로 찬양하는 그였지만, 한 치도 틀리지 않는 시골 아낙의 말을 듣자 일순간 생각이 바뀌었다. 일손을 놓아 결국 빈털터리가 될 그 많은 사람들과 비생산적으로 낭비되는 그 많은 힘들을 몇 세기에 걸쳐 이룩해야 할 대규모 산업 활동에 쓴다면 정말이지 나라에 풍요가 깃들 것이라는 생각마저 들었다.

한편 루아조는 식탁을 떠나 여인숙 주인과 낮은 목소리

로 무엇인가 이야기를 나누고 있었다. 살찐 남자는 킬킬대며 사레가 들린 듯 기침을 하고 침을 뱉더니 루아조의 농담에 거대한 배가 출렁거리도록 웃어 젖혔다. 여인숙 주인은 결국 프로이센군이 떠나는 봄쯤 루아조에게서 보르도산 포도주 여섯 통을 사기로 했다.

저녁식사가 끝나자 모두들 피로에 지친 듯 잠을 청하러 갔다. 하지만 줄곧 사람들을 관찰했던 루아조는 방으로 돌아온 뒤 아내만 잠자리에 들게 하고 나서 열쇠 구멍에 눈을 댔다 귀를 가져갔다 했다. 그는 속된 말로 '복도에서 벌어지는 비밀스러운 일들'을 밝혀내려는 것이었다.

한 시간쯤 흘렀을까. 무언가 스치는 듯한 소리에 그는 재빨리 열쇠 구멍에 눈을 갖다 댔다. 단박에 비곗덩어리임을 알아챌 수 있었다. 흰 레이스가 달린 파란색 캐시미어 잠옷을 입어서인지 훨씬 더 풍만해 보였다. 그녀는 손에 촛대를 들고 복도 제일 끝 화장실로 향하고 있었다. 그때 옆방 문이 반쯤 열렸고, 몇 분 뒤 그녀가 다시 복도로 나왔을 때 멜빵바지를 입은 코르뉘데가 그녀의 뒤를 따라가고 있었다.

낮은 목소리로 두 사람이 티격태격하더니 이내 멈추었다. 비곗덩어리는 자신의 방문을 있는 힘껏 막고 있는 듯 보였다. 루아조는 안타깝게도 둘이 나눈 이야기를 자세히 듣지는 못했지만, 막판에 언성이 올라갔을 때 몇 마디 주워들을 수 있었다.

코르뉘데는 격한 음성으로 따지고 있었다.

"내 참, 멍청하긴. 그게 당신과 무슨 상관이에요?"

그녀는 분노가 치미는 표정으로 대답했다.

"안 돼요, 그런 짓이 용납되지 않는 때가 있다고요. 게다가 이런 데선 수치스러울 거예요."

코르뉘데로서는 도무지 이해가 안 가는지 왜냐고 따져 물었다. 그녀가 발끈해서 언성을 높였다.

"왜냐고요? 그걸 모르겠어요? 이 집엔 프로이센군들이 있고, 혹시라도 옆방에 있을지 어떻게 알아요?"

그가 입을 다물었다. 창녀의 몸이지만 적의 근처에서는 어떤 수치스러운 행동도 하지 않으려는 애국심 담긴 조심성이 스러져가던 그의 자존심을 일깨웠다. 그는 가볍게 그녀를 포옹하고는 살금살금 자기 방으로 들어갔다.

루아조는 열에 들떠 흥분한 채로 열쇠 구멍에서 눈을 떼었다. 그러고는 방에서 한 번 펄쩍 뛰더니 마드라산 면 잠옷을 입고서 침대로 가 이불을 들추었다. 뻣뻣한 시체처럼 깊은 잠에 빠져 있던 아내를 깨워 입을 맞추며 그가 중얼거렸다.

"여보, 날 사랑해?"

이제 여인숙 전체가 고요해졌다. 하지만 곧바로 지하실인지, 다락방인지 정확히 어느 방향인지 알 수 없는 곳에서 규칙적이고 단조롭게 코고는 소리가 들렸다. 압력솥이 덜덜덜 떨리듯 둔하고도 질질 끄는 코골이의 장본인은 다름 아닌 폴랑비였다.

이튿날, 아침 여덟 시에 떠나기로 한 터라 모두 식당에 모였다. 그런데 지붕 덮개에 눈이 쌓인 채 마차는 말도, 마부도 없이 마당 한가운데 덩그러니 서 있었다. 사람들은 마부를 찾느라 마구간이며, 사료를 넣어두는 곳, 마차 창고까지 샅샅이 뒤졌지만 허사였다.

남자들은 마을을 뒤져보기로 하고 밖으로 나갔다. 그렇게 광장에 이르렀을 때 안쪽 깊숙한 곳에 교회가 있고, 양쪽으로 보이는 단층집들에서 프로이센 병사들의 모습이 눈에 띄었다.

맨 처음 눈에 띈 병사는 감자 껍질을 벗기고 있었다. 조금 멀리 두 번째로 보이는 병사는 미용실을 쓸고 닦고 있었다. 눈가까지 수염이 더부룩한 또 다른 병사는 우는 아기를 달래느라 무릎 위에서 흔들어주고 있었다. 남편들이 '전쟁에 징집된' 뚱뚱한 촌부들은 정복자들이 해야 할 일을 손짓으로 지시하고 있었다. 병사들은 시키는 대로 고분고분 장작을 패고, 수프에 빵조각을 넣고, 커피를 갈았다. 그들 중 어떤 병사는 몸이 불편한 주인집 노파의 속옷 빨래를 해주기도 했다.

그 광경을 보고 깜짝 놀란 백작이 사제관에서 나오는 집사 노인에게 어찌 된 영문인지 물었다. 교회 일을 맡고 있는 노인이 대답했다.

"아, 저 사람들이요! 나쁜 사람들이 아니에요. 듣기론 프로이센군들이 아니라 아주 먼 데서 왔다더군요. 어딘지 모르겠지만, 그들도 고향에 처자식들을 두고 왔겠지요. 저 사람들이라고 전쟁이 좋을 리 있겠어요! 저들을 보내놓고 고향에 있는 가족들이 슬퍼할 건 뻔한 일이지요. 우리처럼 저이들 나라에서도 무척 고달프고 비참할 겁니다. 하지만 여긴 아직 그렇게까지 불행하진 않아요. 저들이 못된 짓을 하지도 않고 제집처럼 일도 해주니까요. 아시다시피 가난한 사람들끼린 서로 도와야 합니다……. 전쟁을 벌이는 건 힘세고 높은 사람들이잖아요."

코르뉘데는 마을 사람들이 정복한 자들과 가족처럼 지내는 게 못마땅해서 뒤돌아섰다. 차라리 여인숙에 틀어박혀 지내는 편이 낫겠다 싶었다.

그때 루아조가 우스갯소리를 했다.

"저 사람들, 아예 마을에 뿌리를 내리겠군."

캬레 라마동 씨가 진중하게 말했다.

"사죄하는 마음이겠죠."

마부를 찾아 헤매던 사람들은 이윽고 마을 카페에서 그를 발견했다. 장교의 직속 부하와 다정하게 마주 앉아 있는 마부에게 백작이 물었다.

"여덟 시에 말을 매라는 지시를 받지 않았소?"

"물론 그랬죠. 그런데 그 후 또 다른 지시를 받았습니다."

"또 다른 지시라니?"

"말을 절대 매지 말라고 하네요."

"누가 그런 지시를 내렸소?"

"누구긴요! 프로이센 장교죠."

"어째서?"

"제가 그걸 어떻게 알아요. 그분한테 가서 물어보세요. 전 지시받은 대로 말을 매지 않았을 뿐입니다."

"장교가 자네한테 직접 이야기했다는 건가?"

"아닙니다, 여인숙 주인을 통해 들었죠."

"그게 언젠가?"

"어젯밤, 잠자리에 들 무렵이요."

세 남자는 몹시 근심스러운 표정으로 돌아왔다. 폴랑비에게 물어보려 했지만 하녀는 그가 천식 때문에 열 시 이전에는 일어나지 않을 것이라고 했다. 화재라도 나면 모를까 그전에는 절대 깨우지 말라고 일러두었다고도 했다.

장교를 만나려고 했지만 같은 여인숙에 묵고 있어도 결코 불가능한 일이었다. 민간인들의 문제에 대해서는 폴랑비만이 장교에게 이야기할 권한을 갖고 있으므로 그가 깨어날 때까지 기다리는 수밖에 없었다. 여인들은 방으로 다시 올라가 자잘한 일들을 하며 시간을 보냈다.

코르뉘데는 불꽃이 활활 타오르는 부엌의 큰 벽난로 앞에 앉았다. 그는 카페에서 쓰는 작은 테이블 하나와 1리터짜리 맥주를 가져오게 하더니 파이프를 꺼내 들었다. 파이프가 코르뉘데에게 봉사하여 그가 조국에 봉사하기라도 하는 듯 공화주의자들 사이에서는 그에 못지않은 경의를 표하는 물건이었다.

근사하게 손때가 묻은 해포석 파이프는 주인의 치아만큼이나 검게 변했지만, 좋은 향내가 났고 반들반들 윤기가 났다. 굽은 파이프는 손에 잘 길들여져 코르뉘데의 모습을 돋보이게 했다. 그는 이따금 벽난로에서 타오르는 불길을 뚫어지게 보다가 왕관을 씌워놓은 것 같은 맥주 거품을 응시하며 꼼짝 않고 앉아 있었다. 맥주를 마실 때마다 흡족한 표정을 짓는 그는 가느다란 손가락으로 기름진 긴 머리카락을 훑어내리면서 거품이 송송 맺힌 수염을 핥고는 했다.

한편 루아조는 뻣뻣한 다리도 풀어줄 겸 고장 소매상인들에게 포도주를 흥정하러 갔다. 백작과 방직공장 주인은 부엌에 앉아 정치에 관한 이야기를 하기 시작했다. 그들은 프랑스의 미래를 점치고 있었다. 한 사람은 오를레앙 파를 믿었고, 다른 한 사람은 모든 것이 절망스러울 때 영웅처럼 나타날 미지의 구세주를 믿었다.

뒤 게클랭(1320~1380년, 샤를 5세 휘하의 명장으로 백년전쟁 초기에 잃은 영토를 회복함)이나 잔다르크(1412~1431년, 백년전쟁에 참전해 프랑스군을 승리로 이끈 국민적 영웅이자 로마 가톨릭교회의 성인으로, 오를레앙의 성처녀라고도 불림) 같은 인물이 나타날 것인가? 혹은 나폴레옹 1세 같은 사람이 또 나올까? 아, 황태자(나폴레옹 3세의 아들로, 당시 14세였다.)가 어리지만 않았다면 상황이 나아졌을까?

코르뉘데는 그들의 이야기에 귀 기울이며 운명을 꿰뚫고 있기라도 한 것처럼 씁쓸한 미소를 지었다. 그가 파이프 담배를 연신 피워대는 바람에 부엌은 연기로 자욱했다.

열 시를 알리는 종이 울렸을 때 폴랑비가 드디어 모습을 나타냈다. 쏜살같이 다가가 묻는 사람들에게 그는 토씨 하나 틀리지 않고 똑같은 말을 두세 번 반복했다.

"장교가 이렇게 말하더군요. '폴랑비 씨, 내일 여행자들이 탈 마차에 말을 매지 못하도록 하세요. 내 명령 없인 떠나지 못해요. 알아들었으면 됐어요.'"

결국 그들 일행은 장교를 직접 만나러 갔다. 백작은 캬레 라마동 씨의 이름과 직함이 적힌 명함을 전달케 했다. 프로이센 장교는 점심을 먹고 한 시경 두 남자의 면담을 허용하겠다는 답을 주었다.

방에 있던 부인들이 다시 나타났다. 걱정이 되기는 했지만 그래도 점심을 한술씩 떴다. 비곗덩어리는 아파 보였고 불안한 기색이 역력했다.

커피 잔을 다 비웠을 때 장교의 당번병이 두 신사를 찾으러 왔다. 루아조도 두 사람 사이에 끼어들었다. 좀 더 위압적으로 보이려고 코르뉘데도 데려가려 했지만, 그는 거만하게 말했다. 독일인들과는 상대도 하고 싶지 않다고. 그는 벽난로 쪽으로 다시 돌아가 맥주 한 병을 더 주문했다.

세 남자는 위층으로 올라가 여인숙에서 가장 좋은 방으

로 안내를 받았다. 장교는 안락의자에 누워 벽난로에 발을 올려놓고서 사기로 된 긴 파이프를 문 채 그들을 맞았다. 그가 걸친 번쩍거리는 실내복은 고약한 취향을 가진 부르주아들이 버리고 떠난 집에서 훔쳐왔음 직했다. 그는 일어서지도 않고, 세 남자에게 인사를 하거나 눈길을 건네지도 않았다. 승리한 군인이 자연스럽게 드러내 보이는 무례함의 극치였다.

잠시 후 그가 입을 열었다.

"무슨 일 때문에 왔습니까?"

백작이 말을 꺼냈다.

"우리는 떠나고 싶습니다."

"안 됩니다."

"왜 안 되는지 이유를 알고 싶은데요?"

"내가 원하지 않으니까요."

"장교님, 총사령관님께서 우리가 디에프에 가도록 허가증을 내주셨다는 점을 정중히 말씀드리고자 합니다. 저희는 이런 엄한 처벌을 받을 만한 일을 한 적이 없다고 생각하는데요."

"내가 원치 않아요……. 그게 다예요……. 그만 내려들 가세요."

세 남자는 허리를 굽혀 인사한 뒤 돌아서 나왔다.

오후 내내 한탄만 흘러나왔다. 독일 장교의 변덕을 도무지 이해할 수 없었던 그들은 별의별 생각들로 머릿속이 어지럽기만 했다.

일행들 모두 부엌에 모여 해괴한 일들을 상상하며 끝없이 토론을 벌였다. 그들을 인질로 잡아두려는 건지도 몰랐다. 도대체 어떤 목적으로 그러는 걸까? 혹시 포로로 데려가려는 걸까? 그도 아니면 엄청난 몸값이라도 요구하려는 걸까? 이런 생각들이 들자 그들은 공포감에 미칠 지경이었다.

부자인 사람들은 목숨을 건지기 위해 그 오만방자한 장교의 손에 금화 가득한 자루를 떠안기면서 안절부절못할 자신들의 모습을 떠올리며 그 누구보다 겁에 질려 있었다. 차라리 부자라는 사실을 감추고 지지리도 가난한 티를 내며 거짓말을 짜내볼까 요리조리 궁리하기도 했다. 루아조는 아예 시곗줄을 풀어 주머니 안에 감추어버렸다.

해가 기울자 근심은 더해져갔다. 부엌에 등이 켜졌다. 저녁식사를 하려면 아직 두 시간 정도 남아 있어 루아조 부인은 카드 게임을 하자고 제안했다. 일행들은 기분 전환이 될 것 같다며 찬성했다. 코르뉘데도 예의를 차려 파이프 담배를 끄고 게임에 참여했다.

백작이 카드를 섞어 돌렸다. 비곗덩어리가 짝을 맞춘 카드를 갖고 있었다. 사람들은 게임에 몰두하자 머릿속을 어지럽히던 불안감이 수그러드는 듯했다. 한편 코르뉘데는 루아조 부부가 짜고 속임수를 쓰고 있다는 것을 알아챘다.

저녁식사를 하려고 할 때쯤 폴랑비가 다시 나타났다. 그는 목이 쉬어 칼칼한 목소리로 말했다.

"프로이센 장교가 엘리자베트 루세 양에게 물어보라더군요. 아직 생각이 바뀌지 않았느냐고요."

얼굴이 백짓장처럼 하얗게 질려 가만히 서 있던 비곗덩어리는 갑자기 얼굴이 진홍빛으로 변하며 숨이 막혀 말도 잘 나오지 않는 것 같았다.

이윽고 그녀가 분노를 쏟아냈다.

"더럽고 야비한 프로이센 악당에게 전하세요. 난 절대 원치 않는다고요. 잘 들으세요. 절대로, 절대로, 원치 않는다고요."

뚱뚱한 여인숙 주인이 나가자 사람들이 비곗덩어리 주위로 몰려들었다. 그녀가 장교를 방문했던 속사정을 캐려고 모두가 그녀에게 매달려 질문을 던졌다.

굳게 입을 다물고 완강히 버티던 그녀는 격한 감정에 사로잡힌 듯 소리 질렀다.

"그자가 뭘 원하냐고요? 뭘 원하냐고요? 나와 자길 원한답니다!"

이 말에 충격을 받은 사람은 아무도 없었다. 모두가 개탄을 금치 못할 만큼 격분을 했다. 코르뉘데가 테이블에 내동댕이친 맥주잔이 탕 소리를 내며 깨졌다. 비열하고 야비한 군인에 대한 비난의 아우성과 분노의 숨결이 여기저기서 폭발했다. 그녀에게 강요된 희생이 얼마쯤 자신들의 몫으로 여겨진 사람들이 단합해서 내는 저항의 소리이기도 했다. 백작은 프로이센군들이 옛날 야만인들이나 하는 짓거리를 한다며 혐오감을 드러냈다. 특히 부인들은 비곗덩어리를 동정하며 아낌없이 다정한 위로의 말을 건넸다. 식사 때만 모습을 드러내던 두 수녀는 고개를 푹 수그린 채 아무 말이 없었다.

사람들은 저녁식사를 하는 동안 일단 노여움을 가라앉히고 말없이 생각에 잠겨 있었다. 부인들은 식사 후 일찌감치 자리를 떴다. 남자들은 자리에 남아 담배를 피우며 에카르테 카드 게임을 벌였다. 장교의 방해 공작을 중단시키려면 어떤 방법을 써야 할지 슬쩍 물어볼 작정으로 폴랑비도 게임에 불러들였다. 하지만 그는 카드에만 골몰한 채 이야기는 못 들은 척 대꾸도 않더니 이 말만 되풀이했다.

"신사 분들, 게임이나 하시지요."

폴랑비는 어찌나 카드에 골몰했는지 가래침 뱉는 것도 잊을 정도였다. 그의 가슴팍에서는 이따금씩 들쑥날쑥한 오르간 소리 같은 게 들렸다. 천식환자의 폐는 줄곧 쌕쌕거리며 깊고 낮은 저음에서부터 어린 수탉이 목청껏 울어댈 때의 거슬리는 고음까지 온갖 음계를 내고 있었다.

그의 아내가 졸음에 겨운 듯 그만 자러 가자고 찾아왔지만, 남편이 귓등으로도 듣지 않자 혼자서 방으로 올라갔다. 그녀가 해가 뜨는 것과 동시에 일어나는 '아침형 인간'이라면, 남편은 언제든 친구들과 밤샐 준비가 된 '저녁형 인간'이었다.

폴랑비가 아내에게 소리쳤다.

"달걀과 우유를 넣은 술이나 불 앞에 갖다 놓으라고."

다시 게임을 서두르는 그에게서 어떤 것도 알아낼 재간이 없다고 판단한 사람들은 그만 자러 갈 시간이라고 말하고 각자 방으로 돌아갔다.

다음 날 아침, 일행들은 불확실하지만 조금이나마 희망을 안고서 이른 시각에 일어났다. 이 비좁고 끔찍한 여인숙에서 하루를 더 보내야 할지도 모른다는 두려움이 일수록 떠나고 싶은 욕망은 더욱 커져만 갔다.

그런데 어찌된 일이란 말인가! 말들은 여전히 마구간에 있고, 마부는 어디에 있는지 보이지도 않았다. 사람들은 아침 내내 마차 주변만 오락가락하며 시간을 보냈다.

점심식사 때의 분위기는 푹 가라앉아 있었다. 비곗덩어리를 앞에 둔 사람들의 표정에서는 찬바람만 쌩쌩 불었다. 밤사이 그럴싸한 생각이 떠오르기는커녕 전날 내린 판단이 잘못되었을지도 모른다는 생각마저 들었다. 아니, 그녀를 원망하는 마음까지 일었다. 밤새 몰래 프로이센 장교를 찾아갔더라면 자고 일어난 그들에게 멋진 깜짝 선물이 되었을 텐데……. 그처럼 간단한 일이 또 어디 있을까? 게다가 누가 알겠나? 곤경에 빠진 일행들이 측은해서 왔노라고 장교에게 둘러대면 체면도 구기지 않을 테고……. 창녀인 주제에 그깟 일이 뭐 대수라고! 하지만 아직까지는 누구 하나 속내를 드러내지 않았다.

오후 나절 못 견디게 지루해진 백작은 마을 근처나 산보하자고 사람들에게 말을 꺼냈다. 저마다 꽁꽁 싸매듯 옷을 껴입고 작은 무리를 지어서 길을 나섰다. 불이나 쬐는 게 낫겠다는 코르뉘데와 교회나 사제관에서 시간을 보내는 데 익숙한 수녀들만 무리에서 빠졌다.

혹한이 심해져 코와 귀가 베일 듯 아파왔다. 발이 시려 걸음을 내딛는 것조차 고역스러웠다. 끝 간 데 없이 눈 덮인 허허벌판이 나타나자 너무나 황량하고 쓸쓸한 광경에 몸도, 마음도 꽁꽁 얼어붙는 것 같아서 사람들은 곧장 돌아섰다.

네 여인이 앞서 걸었고, 조금 떨어져 세 남자가 뒤를 따랐다. 사람들의 심정을 잘 알고 있는 루아조가 불쑥 말을 꺼내며 '저 괘씸한 창녀'가 얼마나 더 자신들을 여기에 머물게 할지 모르겠다고 툴툴댔다. 언제나 예의를 차리는 백작은 한 여자에게 곤란한 희생을 강요할 수는 없으며, 그런 일은 자진해서 할 일이라고 말했다. 카레 라마동 씨는 우려한 대로 프랑스군이 디에프를 거쳐 반격을 가해올 경우 토트에서 격전이 벌어질 수도 있다고 조심스럽게 언급했다. 이 말에 두 남자는 덜컥 걱정부터 되었다.

루아조가 말했다.

"걸어서 도망치는 게 어떨까요?"

백작은 어이없다는 듯 어깨를 들썩였다.

"이 눈길을 여인들과 함께 걸어간다고요? 게다가 곧바로 병사들이 쫓아와 10분이면 붙잡힐 텐데, 포로로 끌려가 무슨 험한 꼴을 당할지 생각은 해보셨나요?"

그의 말이 지당해서 남자들은 침묵했다.

부인들은 몸단장에 대한 이야기를 나누었지만, 어떤 구속된 상황 때문인지 대화가 겉도는 듯했다. 그때 길 끄트머리에서 갑작스레 장교가 모습을 드러냈다. 지평선 끝으로 제복을 입은 아주 날렵한 몸매의 장교가 왁스 칠한 군화를 더럽히지 않으려고 무릎을 약간 벌린 채 군인 특유의 걸음으로 뚜벅뚜벅 눈 위를 걸어오고 있었다.

장교는 부인들 곁을 지나며 고개 숙여 인사했다. 루아조가 모자를 들어 인사하는 시늉을 했지만, 그는 조금의 위엄도 엿보이지 않는 남자들을 경멸하듯이 쳐다보았다.

비곗덩어리는 귀밑까지 얼굴이 빨개졌다. 유부녀인 세 부인은 장교가 그토록 함부로 취급했던 창녀와 동행하는 모습을 들킨 것에 심한 모멸감을 느꼈다.

여인들은 장교의 외모가 어떻다는 둥, 얼굴이 어떻다는 둥 떠들었다. 수많은 장교들을 상대해본 카레 라마동 부인은 노련한 눈매로 독일 장교가 썩 괜찮은 남자라고 평했다. 뭇 여성들이 틀림없이 반할 만한 멋지고 강인한 남자일 거라면서 그가 프랑스 사람이 아닌 게 아쉽다고까지 했다.

다시 여인숙으로 돌아오기는 했지만, 사람들은 무얼 하며 시간을 보내야 할지 알 수 없었다. 대수롭지 않은 일에

날선 말들이 오가기도 했다. 묵묵히 짧은 저녁식사를 마치자 어서 시간을 죽이려고 각자 방으로 올라가 잠자리에 들었다.

이튿날, 사람들은 피로와 짜증이 역력히 묻어나는 얼굴로 내려왔다. 여인들은 비곗덩어리에게 거의 말도 시키지 않았다.

멀리서 영세식을 알리는 종소리가 들려왔다. 비곗덩어리는 무슨 일이 있어도 영세식에 꼭 참석하고 싶었다. 뚱뚱한 매춘부에게는 사실 이브토의 농가에서 커가는 자식이 하나 있었다. 일 년에 한 번 만날까 말까 한 처지였지만 영세 받을 나이가 되었다는 생각이 들자 불현듯 자식에 대한 강렬한 애정이 솟구쳤던 것이다.

그녀가 나가자 곧바로 사람들은 서로를 쳐다보며 의자를 끌어당겨 앉았다. 무슨 결정이라도 내리지 않으면 안 될 막바지에 다다른 기분이었다. 루아조에게 한 가지 묘안이 떠올랐다. 비곗덩어리만 남겨놓고 다른 일행들은 떠나게 해줄 것을 장교에게 제안해보자는 것이었다.

다시 전갈을 보내는 임무를 맡았던 폴랑비가 곧장 쫓겨 내려왔다. 사람의 본성을 잘 아는 독일 장교는 자신의 욕구가 충족되지 않으면 일행 모두를 붙잡아두겠다고 으름

장을 놓았다.

루아조 부인은 결국 저속한 기질을 참지 못하고 폭발했다.

"이대로 여기서 늙어 죽을 순 없잖아요. 저 방탕한 여자는 아무 남자와 그 짓을 하는 게 직업이에요. 그러니까 이 남자 저 남자 가려서 거절할 권한은 없다고 생각해요. 루앙에서는 심지어 마부들까지 찾아오는 손님이라면 두말없이 받았다던데, 이게 말이 됩니까! 그렇다니까요, 부인. 도청 마차꾼까지요! 우리 가게에서 포도주를 사가곤 해서 그 사람을 잘 알아요. 지금 우리들이 겪고 있는 난처한 상황을 생각하면 발 벗고 나서도 모자랄 판에 이 철딱서니 없는 여자가 꼴에 새침을 떨고 있잖아요! 난요, 그 장교가 제법 예의를 갖춘 남자라고 생각해요. 어쩜 오랫동안 여자 없이 지냈을지도 모르죠. 여기 있는 우리 세 여자를 더 원했을지도 모르지만 그는 결혼한 여인들을 존중해서 뭇 남자들에게 몸을 파는 그 여자로 만족하기로 한 거예요. 생각해보세요, 마음먹은 대로 얼마든지 할 수 있는 사람이라고요. 그 장교가 '난 부인을 원해'라고 명령만 내리면 병사들과 함께 강제로 우리를 어떻게 해볼 수도 있었다는 이야기예요."

다른 부인 둘은 몸을 살짝 떨었다. 아리따운 캬레 라마동 부인은 눈에서 빛이 번쩍 일더니 장교에게 강제로 겁탈이라도 당한 것처럼 안색이 파리해졌다.

떨어져서 이야기를 나누던 남자들이 다가왔다. 루아조는 노기등등해서 '이 천한 여인'의 손발을 꽁꽁 묶어 적군에게 넘겨버리자고 했다. 3대에 걸쳐 대사를 지낸 집안에 외교관의 탁월한 면모를 지닌 백작이 선봉장 역할을 맡았다.

"그 여자가 결심을 하도록 해야죠."

그들은 음모를 꾸미기로 했다. 여인들은 바싹 붙어 앉아 은밀한 목소리로 각자의 의견을 말했지만, 토론은 잡담처럼 되어갔다. 분위기마저 아주 편안했다. 무엇보다도 부인들은 낯 뜨거운 이야기를 하기 위해 애매하면서도 세련되고 고상한 표현을 찾느라 고심했고, 낯선 누군가 들었다면 무슨 뜻인지 알아들을 수 없을 말들만 조심스럽게 골라서 썼다.

사교계 부인들이란 겉으로만 요조숙녀라는 딱지를 붙이고 있을 뿐 뜻밖에 벌어진 외설스러운 사건에 한껏 흥이 나 화색이 감도는 얼굴로 내심 몹시 즐거워들 하고 있었다. 식탐 많은 요리사가 남의 저녁식사를 준비해주며 맘껏 음식을 주물럭거리듯 그녀들 역시 마치 자신들에게 닥친 일인 양 속된 욕망으로 사랑을 주물럭대고 있었다.

나중에는 이야기만으로도 흥이 돋을 만큼 분위기가 유쾌해졌다. 백작은 음탕한 농담을 천연덕스럽게 던지며 여인들을 웃게 만들었다. 이에 뒤질세라 루아조도 훨씬 더 노골적인 이야기를 늘어놓았는데 누구 하나 인상 찌푸리는 사람이 없었다.

루아조의 아내가 "저 방탕한 여자는 아무 남자와 그 짓을 하는 게 직업이에요. 그러니까 이 남자 저 남자 가려서 거절할 권한은 없다고 생각해요"라고 했던 과격한 표현이 모두의 생각을 지배하고 있었다. 사랑스러운 캬레 라마동 부인은 자신이 비곗덩어리의 처지였다면 다른 남자보다 차라리 독일 장교를 택했을 거라는 생각도 하는 듯했다.

요새의 포위망을 좁혀가듯 일행들은 그녀를 꼼짝 못하게 만들 전략을 오랜 시간 준비했다. 각자 맡을 역할과 뒷받침할 주장과 작전을 펼칠 방식도 세웠다. 치밀한 술수이든, 깜짝 습격이든 어떻게든 공격 계획을 짜서 살아 있는 성채가 적군을 받아들이게끔 만들어야만 했다. 유독 코르뉘데만은 멀찍이 떨어져 이 일과는 완전히 무관한 사람처럼 굴었다.

사람들은 계획에 너무 집중한 나머지 비곗덩어리가 들어오는 소리도 듣지 못했다. 백작의 "쉿" 하는 소리에 일제히 고개를 들어보니 어느새 그녀가 돌아와 있었다. 갑자기 침묵이 감돌았다. 일말의 당혹감을 느낀 터라 아무도 선뜻 그녀에게 말을 건네지 못했다.

표리부동한 사교계 사람들을 자주 접해본 백작 부인이 누구보다 유연한 태도로 그녀에게 말을 걸었다.

"영세식은 재밌었나요?"

뚱뚱한 여인은 감동의 여운이 채 가시지 않은 듯 영세식에 온 사람들의 표정과 태도, 교회 분위기까지 낱낱이 전하고서 이렇게 덧붙였다.

"이따금 기도를 하는 건 아주 좋은 일이에요."

부인들은 그녀가 자신들의 충고를 더욱 신뢰해서 순종하는 마음이 커지도록 점심식사 때까지는 호의를 베풀기로 했다.

식탁 앞에 앉자마자 그들은 슬슬 포위망을 좁혀가기 시작했다. 먼저 희생이라는 주제에 대해 두루뭉술하게 대화를 나누다가 곧바로 고대 전설을 예로 들어 이야기했다.

유디트와 홀로페르네스(아시리아의 총사령관 홀로페르네스가 베툴리아라는 도시를 포위했을 때 정숙한 유대인 과부 유디

트가 직접 적진에 들어가 그를 꾀어 목을 베었다는 이야기)라든가 루크레티아와 섹스투스(아름답고 덕망 있던 루크레티아가 로마 폭군의 아들인 섹스투스 왕자에게 능욕을 당해 칼로 자살했다는 이야기), 그리고 적의 장군들을 모조리 침실에 불러들여 노예처럼 굴종하게 만들었다는 클레오파트라의 이야기를 차례로 꺼냈다. 급기야 역사를 잘 알지도 못하는 백만장자들은 허무맹랑한 이야기까지 지어내면서 로마 시민이었던 여자들은 카푸로 가서 한니발(B.C. 247~B.C. 183년경, 제2차 포에니 전쟁 때 로마에 대항해 카르타고군을 지휘한 장군)과 그 부관들, 심지어 외국 용병들까지 품에 안았다고 떠벌렸다. 정복자들을 굴복시킨 여인들의 이야기라면 모조리 들추어내는 식이었다. 그 여인들은 자신의 육체를 전쟁터이자 적을 지배할 무기이며 방편으로 삼았고, 영웅다운 사랑 행위로 흉악하고 가증스러운 인간들을 정복했으며, 자신들의 순결을 복수와 희생에 바쳤다는 내용이었다.

그뿐 아니라 영국 명문가 집안의 여인에 대한 이야기를 에둘러 말하기도 했다. 그 여인은 조제프 보나파르트(1768~1844년, 나폴레옹 1세의 형으로 나폴리의 왕이자 스페인의 왕이 됨)에게 끔찍한 전염병을 옮기려 일부러 병균에 감염되었으나, 결정적인 만남이 이루어진 순간 병균의 효력이 뚝 떨어지는 바람에 용케 목숨을 건졌다는 것이었다.

한결같이 적절한 예들을 조심스럽게 이어가면서 사람들은 비곗덩어리의 경쟁심을 불러일으키려고 이따금씩 추임새를 넣어가며 감탄사까지 터트렸다. 결국 이 세상에서 여인이 해야 할 유일한 역할은 끝없는 자기희생이고, 욕망에 따라 변덕스럽게 행동하는 군인들에게 자신을 바치는 것이라고 그녀가 믿게끔 만들려는 것 같았다.

두 수녀는 깊은 생각에 잠겨 도통 이야기를 듣고 있지 않는 듯했다. 비곗덩어리는 아무 말도 하지 않았다.

오후 내내 사람들은 생각할 시간을 주기 위해 그녀를 내버려두었다. 딱히 이유를 아는 사람은 없었지만, 그때까지 '부인'이라고 부르던 호칭 대신 그녀를 '아가씨'라고 불렀다. 지금까지 존중해서 불렀던 호칭을 한 단계 깎아내림으로써 그녀 스스로 부끄러운 위치를 깨닫게 하려는 심산이었다.

야채를 넣은 고기 수프가 나왔을 때 폴랑비가 다시 나타나 전날 했던 말을 재차 반복했다.

"프로이센 장교가 아직도 생각이 변하지 않았는지 엘리자베트 루세 양에게 물어보라고 하더군요."

비곗덩어리가 성마른 투로 대꾸했다.

"전혀 안 바뀌었어요."

저녁식사를 하는 동안 의기투합했던 마음도 시들해졌다. 루아조가 엉뚱한 말만 몇 마디 늘어놓았을 뿐이었다. 사람들은 저마다 비곗덩어리를 설득할 새로운 이야깃거리들을 찾으려 전전긍긍했다.

도통 생각이 떠오르지 않자 백작 부인은 미리 의도하진 않았지만, 종교적으로 설득하면 좋을 것 같다는 막연한 생각으로 나이 지긋한 수녀에게 성인들의 위대한 행적에 관한 질문을 던졌다.

"많은 성인들이 우리 눈에는 죄로 보이는 행동을 범했지만 교회는 그것이 하느님의 영광이나 이웃의 이익을 위해 행해진 거였다면 중죄라도 쉽게 용서해주셨는데, 수녀님의 생각은 어떠신지요."

이처럼 강력한 설득력을 지닌 예가 또 있을까. 백작 부인은 그 점을 노린 것이었다. 성직자라면 누구나 지니는 두루뭉술한 배려로 암암리에 그들에게 동조한 것이었을까. 혹은 상황에 맞게 단순히 도우려는 어리석음에서 튀어나온 우둔함의 소산이었을까. 나이 지긋한 수녀는 어이없게도 그 음모를 지지하는 지원군이 되어주었다.

사람들이 그동안 수줍음 많다고 여겼던 수녀는 말수가

많아지면서 점점 대담하고 과격한 신앙인의 모습을 보이고 있었다. 신학적인 면에서 주저함이나 흔들림이라곤 찾아볼 수 없었다. 교리는 쇠막대처럼 단단했고 신앙심은 확고했으며, 양심에 추호의 거리낌도 없었다.

수녀는 아브라함의 희생을 너무도 당연하게 여겼다. 저 높은 곳에서 명한 것이라면 그녀 역시도 아버지와 어머니를 즉각 죽였을 것이라고 말하면서, 의도가 칭찬받아 마땅하다면 그 어떤 것도 주님의 뜻을 거스르지 않는다고 생각하는 듯했다. 백작 부인은 기대하지도 않았던 공범이 수녀라는 성스러운 권위를 지녔다는 사실을 십분 활용해 "목적이 수단을 정당화시킨다"는 도덕적인 격언에 대한 감화어린 설교를 장황하게 늘어놓게 만든 것이었다.

백작 부인이 다시 수녀에게 물었다.

"수녀님, 그렇다면 하느님은 동기가 순수하다면 모든 수단을 받아들이시고 그 행위를 용서해주신다고 생각하시나요?"

"그걸 누가 의심할 수 있겠어요? 그 자체로만 봐서는 비난받을 행동일지라도 그런 생각을 일으킨 의도에 따라 칭송받게 되는 경우가 종종 있지요."

두 여인은 신의 의지를 간파하고 신이 내릴 결정까지 앞질러 내다보고 있었지만, 정작 신과는 아무런 관련도 없는 일에 신을 끌어들여 대화를 이어가고 있었다. 겉으로 드러내지 않는 속내가 모든 말 속에 교묘히 감춰져 있었다. 그리고 두건을 쓴 수녀의 말 한마디 한마디가 분노에 차서 저항하던 창녀를 조금씩 허물어뜨리고 있었다.

이제 대화의 주제는 살짝 비껴가 손에 묵주를 늘어뜨린 수녀는 자신이 몸담고 있는 수녀회와 수녀원장, 또 그녀 자신과 곁에 있는 사랑스러운 생-니세포르 수녀에 관한 이야기를 시작했다. 두 사람은 천연두에 걸린 수백 명의 병사들을 간호하러 르 아브르에 있는 병원으로 가라는 교회의 명을 받았다고 했다. 그러면서 병사들이 얼마나 비참하고 위중한 상태에 놓여 있는지 강조하며, 프로이센 장교의 변덕 때문에 발이 묶여 있는 동안 자신들의 도움이 절실한 수많은 프랑스 병사들이 죽어갈지도 모른다고 말했다.

군인들을 간호하는 것이 수녀로서 자신들에게 주어진 특별한 소임이라면서 그녀는 크리미아, 이탈리아, 오스트리아에 있었을 때의 활약상을 불현듯 입에 올렸다. 북과 나팔소리가 울리는 야영 부대를 따라다니며 전장의 소용돌이 속에서 부상 군인들을 일일이 돌보았고, 규율을 따르지 않는 거칠고 난폭한 군인들이 대장의 말은 듣지 않아도 자신의 말 한마디면 순한 양이 되었다는 자랑을 스스럼없이 늘어놓았다. 진정으로 훌륭한 랑탕플랑 수녀의 얼굴에 수없이 패인 얽은 자국들은 전쟁으로 황폐해진 모습을 그대로 드러내는 듯했다.

수녀의 이야기가 끝나자 누구도 입을 여는 사람은 없었다. 그만큼 탁월한 효과를 보여준 셈이었다.

사람들은 식사를 마치자마자 곧바로 침실로 올라가 이튿날 늦은 아침이 되도록 방에서 내려오지 않았다. 그들은 조용한 가운데 점심식사를 했고, 전날 뿌려둔 씨가 싹을 틔우고 열매를 맺도록 시간을 두고 기다렸다.

오후에 백작 부인은 사람들에게 산보를 하러 나가자고 했다. 미리 그러기로 했는지 백작은 비곗덩어리의 팔을 잡아 끌더니 다른 사람들을 앞세운 채 그녀와 나란히 걸었다.

백작은 아버지가 딸을 대하듯 친밀하면서도, 점잖은 신사가 매춘부들을 대할 때의 약간은 경멸하는 투로 그녀를 '아가'라고 부르며, 누구나 인정하는 사회적 명망과 높은 위치를 이용해 단도직입적으로 물었다.

"우리를 이런 식으로 내버려둘 건가? 프로이센 군대가

패하면 온갖 난폭한 행위들이 뒤따를 테고, 그렇게 되면 거기도 무사하진 못할 텐데. 이제껏 숱하게 해왔던 일인데 넓은 아량으로 한 번쯤 응해줘도 되지 않겠소?"

비곗덩어리는 아무 대답도 하지 않았다.

백작은 부드럽게 그녀를 달래고 회유했다. 필요에 의해 온갖 친절을 베풀며 비위를 맞추고 다정하게 굴었지만, 어디까지나 '백작'이라는 신분으로 그녀를 대하고 있었다. 그는 자신들을 위해 그녀가 봉사해줄 것을 부추기며 그들이 느낄 고마움까지 표현했다. 그러더니 백작은 갑자기 반말 투로 장난스럽게 덧붙였다.

"누가 또 아나, 그자가 자기 나라에서 흔치 않은 예쁜 아가씨를 경험했다고 떠벌리고 다닐지."

비곗덩어리는 아무 대꾸도 하지 않고 사람들이 있는 쪽으로 걸어갔다.

산보에서 돌아와 곧바로 자기 방으로 올라간 그녀는 오후 내내 모습을 나타내지 않았다. 사람들의 불안감은 극에 달했다. 도대체 그녀는 어쩔 작정인가? 끝내 안 하겠다고 버티면 무슨 낭패란 말인가!

저녁식사 종이 울렸다. 사람들은 그녀가 내려오기를 기다렸지만 허사였다. 때마침 폴랑비가 들어와 루세 양은 몸이 불편해 식사를 할 수 없겠다는 이야기를 전했다. 모든 이들이 귀를 쫑긋 세웠다.

백작이 여인숙 주인에게 다가가 한껏 낮은 목소리로 물었다.

"됐소?"

"그렇습니다."

백작은 격식을 차리느라 일행들에게 아무 말 없이 가볍게 고개를 끄덕이는 시늉만 했다. 그러자 모두들 "후우" 하고 커다랗게 안도의 숨을 내쉬더니 얼굴에 환한 빛을 띠었다.

루아조가 크게 소리쳤다.

"아이고나! 이 집에 샴페인이 있으면 내가 쏘지요."

여인숙 주인이 샴페인 네 병을 들고 오자 루아조 부인은 불안한 표정을 지었다. 하지만 근심거리가 사라진 터라 사람들은 시끄러울 만큼 금세 말이 많아졌다. 저마다 가슴에 낯 뜨거운 쾌락이 차올랐다. 백작은 캬레 라마동 부인의 매력을 새삼 깨달은 듯했고, 방직공장 주인은 백작 부인에게 찬사를 늘어놓았다. 대화에 활기를 띠면서 분위기는 밝아지고 재담이 넘쳤다.

그런데 갑자기 루아조가 근심 어린 얼굴로 두 팔을 들어

올리며 크게 소리쳤다.

"조용!"

모두들 깜짝 놀라 겁에 질린 얼굴로 입을 다물었다. 루아조는 두 손으로 '쉿!' 하는 시늉을 하더니 천장 쪽을 올려다보며 무슨 소린가를 들으려는 듯 귀를 기울였다. 그러더니 다시 본래의 목소리로 말했다.

"마음 놓으세요, 일이 잘되고 있습니다."

사람들은 잠시 그 뜻을 이해 못하다가 이내 미소 지었다. 15분쯤 있다가 그는 또 우스꽝스러운 짓을 하더니 저녁 내내 몇 번씩이나 똑같은 행동을 했다.

장돌뱅이의 머리로 떠올린 코에 걸면 코걸이 식의 의미가 담긴 충고까지 건네며, 루아조는 위층에 있는 누군가를 향해 때때로 서글픈 듯 긴 한숨을 내뱉으며 "가엾은 여자!"라고 말하기도 했다. 또 가끔은 화가 부글부글 끓는지 이를 앙다문 채 "망나니 같은 프로이센 놈, 썩 꺼져!"라고 중얼대기도 했다. 다른 이들은 생각조차 하고 있지 않을 때에도 혼자 몇 차례나 떨리는 목소리로 "그만해! 그쯤 했으면 됐잖아!"라고 내뱉더니 자신에게 뇌까리듯 이런 말을 덧붙였다.

"여자를 또 볼 수 있으려나. 그놈이 가엾은 여자를 죽이

지나 않았으면 좋겠군!"

이런 농담들이 고약한 객기에서 비롯된 것임에도 불구하고 사람들은 재미있어할 뿐 누구도 언짢은 기색을 내비치지 않았다. 모든 일들이 그렇듯이 분개하는 것마저 주변 분위기에 휩쓸리기 마련이었다. 서서히 사람들을 둘러싸고 음탕한 생각들로 가득한 분위기가 만들어지고 있었다.

후식을 먹을 때에는 여인네들도 비곗덩어리의 상황에 은근히 빗댄 농담들을 던졌다. 그녀들은 눈빛을 희번덕거리며 웃었고, 술도 많이 마셨다.

손에 들었던 카드를 내려놓을 때조차 묵직하고 위엄 있는 태도를 고수하던 백작이 이 상황에 딱 들어맞는 비유를 찾아냈다. 극지에서 난파된 사람들이 겨울나기를 마치고 드디어 남쪽 항로가 열리는 것을 목격했을 때의 기쁨 같은 것이라고 말이다.

거나하게 술이 오른 루아조는 손에 든 샴페인 잔을 치켜들며 일어섰다.

"우리의 해방을 위해 건배!"

모두들 자리에서 일어나 환호했다. 두 수녀도 부인들이 부추기는 바람에 한 번도 마셔본 적 없는 거품이 이는 샴페인에 살짝 입술을 갖다 대더니 보기에는 탄산 레모네이

드와 비슷한데 맛이 더 톡 쏜다고 평을 했다.

루아조는 이 분위기를 짤막하게 요약해 이렇게 말했다.

"피아노가 없어 카드리유 춤곡을 칠 수 없는 게 안타깝군요."

코르뉘데는 어떤 말도, 어떤 행동도 취하지 않았다. 그는 아주 심각한 표정을 하고 앉아서 이따금 화가 난 사람처럼 덥수룩한 수염을 더 길게 잡아당기는 시늉만 하고 있었다.

이윽고 자정 무렵 사람들이 자리를 뜨려고 할 때 비틀거리던 루아조가 갑자기 코르뉘데의 배를 툭 치며 혀 꼬부라진 소리를 냈다.

"오늘 밤은 재미가 없으신지 한마디도 안 하시더군요, 동지?"

코르뉘데는 돌연 고개를 쳐들고 이글거리는 눈빛으로 모여 있던 사람들을 죽 훑어보며 험악하게 소리쳤다.

"모두에게 말해두겠는데, 당신들은 야비한 짓들을 한 거요!"

그는 벌떡 일어나 문 쪽으로 가서는 다시 한 번 "야비한 짓거리라고요!"라고 말하더니 사라졌다.

갑자기 찬물이 끼얹어진 듯했다. 루아조는 어안이 벙벙

해 잠시 멍한 채로 서 있었다. 하지만 곧 정신을 차린 그가 자지러지게 웃으며 재차 말했다.

"제 손아귀에 넣을 수 없으니 분통이 터지겠지, 분통이 터지고말고."

사람들이 못 알아듣자 그는 '복도에서 벌어진 비밀'을 까발렸다. 또 한 차례 방이 떠나갈 정도의 유쾌한 분위기가 조성되었다. 부인들은 미치도록 웃어 젖혔고, 백작과 캬레 라마동 씨는 너무 웃어 눈물이 날 지경이었다. 그들로선 믿기지 않는 일이었다.

"어쩜, 틀림없어요? 그자가 원했단 말이죠……."

"내가 두 눈으로 봤다고 하지 않습니까."

"근데 그 여자가 퇴짜를 놓은 거군요……."

"프로이센 장교가 옆방에 있었으니까요."

"그럴 수가?"

"맹세코 그렇다니까요."

백작은 웃음을 참느라 컥컥거렸고, 방직공장 주인은 양 손으로 배를 움켜쥐었다.

루아조가 말을 이었다.

"여러분도 보셨겠지만, 오늘 밤 저 사람 그 여자 일로 똥 밟은 표정이었잖아요."

세 남자는 배를 움켜쥐고 숨이 넘어갈 듯 또 웃어댔다.

그들만의 파티는 끝이 나고 이제 각자 방으로 올라갔다. 성깔 있는 루아조 부인은 잠자리에 들려는 순간 '새침한' 카레 라마동 부인이 저녁 내내 억지웃음을 지었다고 남편에게 말했다.

"당신, 그거 알아요? 여자들이 군복 입은 남자한테 꽂히면 정말이지 프랑스군이건 프로이센군이건 상관없다고 여긴다고요. 얼마나 딱한 일이에요!"

밤새 어두운 복도에서는 물이 보글보글 끓을 때의 떨림처럼 들릴 듯 말 듯 가볍고 작은 소음들이 끊임없이 들려왔다. 숨소리 같기도 하고, 맨발로 바닥을 디디며 걷는 소리 같기도 하고, 살며시 문을 여닫을 때 삐걱대는 소리 같기도 했다. 방문 틈으로 가느다란 빛줄기가 오래도록 새어 나온 것을 보면 모두들 밤늦게 잠든 것이 틀림없었다. 샴페인을 마시면 잠을 방해한다는 말이 있듯이.

다음 날, 쌓여 있는 눈 위로 눈이 부시도록 투명한 겨울 햇살이 쏟아졌다. 마침내 말들이 매여 있는 마차가 문 앞에 대기해 있었다. 붉은 눈자위에 검은 동공이 박힌 흰 비둘기 떼가 두툼한 깃털에 싸인 가슴을 죽 내민 채 여섯 마리의 말들 다리 사이로 김이 모락모락 나는 말똥을 헤집고서 먹이를 찾으려 느릿느릿 거닐었다.

양가죽으로 몸을 감싼 마부가 좌석에 앉아 파이프 담배를 피우고 있는 동안 여행자들은 햇살처럼 환한 얼굴로 남은 여정을 위해 서둘러 먹을 양식을 챙겼다. 그들은 비곗덩어리가 나타나기만을 기다렸다.

드디어 그녀가 모습을 드러냈다. 약간 착잡하고 수치스러운 듯한 얼굴로 조심스럽게 일행 쪽으로 걸어오는 그녀를 사람들은 본체만체하며 일제히 똑같은 동작으로 고개를 돌렸다. 백작은 불결한 여자의 몸이 닿기라도 할까봐 아내의 팔을 근엄하게 잡아끌며 거리를 뒀다.

뚱뚱한 여인은 당황한 채 걸음을 멈추었다. 하지만 곧 마음을 다잡고 용기 내어 방직공장 주인의 아내 곁으로 다가갔다.

"안녕하세요, 부인."

그녀가 우물쭈물하며 공손하게 인사를 건네자 상대는 자신의 정절이 모욕당하기라도 한 것처럼 식겁한 눈으로 고개만 까닥 움직여 대충 인사를 받았다. 사람들은 모두 분주한 척했고, 그녀의 치맛자락에서 병균이라도 옮겨올까봐 멀찌감치 떨어져 있었다.

이윽고 그들은 서둘러 마차 쪽으로 달려갔다. 그녀가 맨 마지막으로 올라타 처음 길을 떠나왔을 때와 같은 자리로 가서 조용히 앉았다. 생판 모르는 사람처럼 일행들은 그녀를 쳐다보지도 않았다.

루아조 부인은 멀리 떨어져 앉아 얼굴을 일그러트린 채 그녀를 눈여겨보다 남편에게 작은 소리로 속삭였다.

"운 좋게 저 여자 옆에 앉지 않게 됐어요."

무거운 마차가 흔들거리며 다시 여행길이 시작되었다. 사람들은 서로 아무 말도 하지 않았다. 비곗덩어리는 고개를 똑바로 들고 있을 수도 없었다. 그녀는 마차에 함께 탄 사람들 모두에게 분노가 치밀었다. 위선에 가득 찬 그들로 인해 프로이센 장교의 품에서 더럽혀지고 능욕당한 것에 모욕감마저 일었다.

백작 부인이 캬레 라마동 부인 쪽으로 몸을 돌리더니 이내 견디기 힘든 침묵을 깼다.

"부인, 데트렐 부인을 아시나요?"

"네, 친한 친구 중 하나죠."

"그분 참 매력적이더라고요!"

"매력덩이죠! 진짜 뛰어난 성품에, 또 얼마나 유식한데요. 게다가 예술가 기질도 넘쳐요. 노래를 부르면 녹아들 정도고, 그림 솜씨도 아주 훌륭하죠."

방직공장 주인은 백작과 이런저런 이야기를 나누었다. 마차 유리창이 덜커덩대는 소리와 함께 이자 배당이라든가 만기일, 수당, 지불기한이라는 말이 이따금씩 오갔다. 여인숙의 잘 닦지도 않은 테이블에서 5년간 굴러 기름때로 누레진 카드를 훔쳐온 루아조는 아내와 게임을 하기 시작했다.

두 수녀는 허리춤에 찬 긴 묵주를 들고 함께 성호를 그었다. 기도가 시작되자 갑자기 입술의 움직임이 빨라지면서 점점 호흡이 가빠졌고, 경합이라도 벌이듯 속사포처럼 중얼거리며 이따금 묵주에 입을 맞추고 성호를 긋고는 또다시 빠르게 중얼거림이 이어졌다. 코르뉘데는 꿈쩍하지 않은 채로 생각에 잠겨 있었다.

마차가 세 시간여를 달려갔을 즈음 루아조가 카드를 그러모으며 말했다.

"슬슬 출출해지는군요."

그러자 그의 아내는 끈으로 싸맨 상자에서 식은 송아지고기 한 조각을 꺼내 얇고 반듯하게 썰어서 남편과 먹기 시작했다.

백작 부인이 말했다.

"우리도 먹을까요?"

사람들은 그러자고 했다.

백작 부인은 두 부부를 위해 싸온 음식을 내놓았다. 길쭉한 단지들 중에는 토끼고기 파이가 들어 있다는 것을 표시하기 위해 토끼 모양의 도자기를 매단 것도 있었다. 다른 그릇에는 갈색빛 도는 살코기에 비계가 흰 띠처럼 둘려진 맛좋은 햄과 가늘게 썬 다른 고기들이 뒤섞여 있었다. '사회면 기사'라는 글자가 박힌 신문지에는 말랑말랑하고 네모난 그뤼예르산 치즈 덩이가 들어 있었다.

두 수녀는 마늘 냄새가 나는 둥근 소시지 조각을 꺼내놓았다. 코르뉘데는 짧은 외투에 달린 큼지막한 주머니 양쪽에 손을 집어넣더니 한쪽에서는 삶은 달걀 네 개를, 다른 쪽에서는 딱딱하게 굳은 빵 한 덩이를 꺼냈다. 그는 껍데기를 까 발밑 짚더미에 버리고는 달걀을 입안에 넣고 우물우물 먹기 시작했다. 달걀노른자 부스러기들이 덥수룩한 수염에 떨어진 모양새가 흡사 별들이 박혀 있는 듯했다.

비곗덩어리는 일어나자마자 다급히 나오느라 아무것도 준비할 겨를이 없었다. 그녀는 태평스럽게 음식을 먹고 있는 사람들을 보자 미칠 듯한 분노로 숨이 막혀 몸이 부들부들 떨릴 지경이었다. 입 밖까지 욕설이 차올라 그들이 한 짓을 소리쳐 외치려 했지만, 끓어오르는 분노가 목구멍을 조이는 듯 입을 열어도 말이 나오지 않았다.

누구 하나 그녀를 쳐다보지도, 개의치도 않았다. 비곗덩어리는 희생을 요구할 때와 달리 그녀를 불결하고 더러운 헌신짝처럼 취급하는 이 허울 좋은 파렴치한들의 경멸을 한 몸에 받고 있는 기분이었다. 문득 커다란 바구니에 한 가득 싸왔던 맛난 음식들이 생각났다. 젤리로 반지르르 기름기가 돌던 닭 두 마리, 구운 파이, 배, 보르도산 포도주 네 병을 저들은 게 눈 감추듯 먹어치우지 않았던가. 그 생각이 들자 팽팽히 당겨진 끈이 툭 끊겨버린 것처럼 갑자기 분노가 사그라들면서 울음이 터져나올 것만 같았다.

그녀는 울지 않으려 필사적으로 버텼다. 울먹이는 어린 아이처럼 울음을 삼켰건만 결국 눈물이 눈가를 촉촉이 적시더니 이내 두 줄기 굵은 눈물방울이 툭 떨어져 뺨을 타고서 천천히 흘러내렸다. 한 번 쏟아진 눈물은 바위틈에서 새나오는 물방울처럼 걷잡을 수 없이 흘러내려 풍만한 그녀의 젖가슴 위로 똑똑 떨어지고 있었다.

그녀는 줄곧 꼿꼿이 앉아 파리하게 굳은 얼굴로 한 곳만을 응시했다. 사람들이 자신을 쳐다보지 않기를 바라면서. 하지만 백작 부인이 울고 있는 그녀를 알아채고는 남편에게 손짓으로 가리켰다. 그러자 백작은 '뭘 어쩌란 거야? 그게 내 잘못도 아니잖소'라는 뜻으로 어깨를 으쓱해 보였다.

루아조 부인은 승리의 미소를 한 번 띠더니 중얼거렸다.

"창피해서 우는 거예요."

두 수녀는 먹다 남은 소시지를 종이에 둘둘 말아놓고 다시 기도를 하기 시작했다.

그때 달걀을 다 먹고 난 코르뉘데가 긴 다리를 맞은편 의자 밑으로 죽 뻗어 몸을 뒤로 젖히고는 팔짱을 꼈다. 그는 막 재미난 생각이 떠오른 사람처럼 웃음 지으며 휘파람으로 〈라 마르세이예즈(1879년, 프랑스 국가가 된 노래)〉를 부르기 시작했다.

모든 이들의 표정이 칙칙해졌다. 그들에게 민중의 노래가 내킬 리 만무했다. 성마르고 짜증 섞인 표정으로 야만인이 두들겨대는 파이프오르간 소리에 왕왕 짖어대는 개들처럼 그들은 당장 고함이라도 내지를 기세였다. 코르뉘데는 그런 낌새를 눈치 챘지만 노래를 멈추지 않고 이따금 콧노래로 다른 노래를 흥얼거리기도 했다.

조국에 대한 신성한 사랑이여,

복수를 갈망하는 우리의 팔을 이끌고 지탱하라.

자유, 사랑하는 자유여,

그대를 수호하는 자들과 함께 투쟁하라!

쌓인 눈이 더욱 단단해지면서 마차가 속도를 내기 시작했다. 디에프까지 지루하고도 침울한 여행이 이어지는 동안 울퉁불퉁한 길을 따라서 마차도 요동쳤다.

어느새 날은 저물고, 마차 안에는 캄캄한 어둠이 찾아들었다. 하지만 코르뉘데는 고집불통처럼 끈덕지게 복수를 갈망하는 단조로운 휘파람을 계속 불어댔다. 사람들은 화가 머리끝까지 치밀었지만 처음부터 끝까지 반복되는 노래를 신물 나도록 들어야만 했다. 그러다 보니 그들도 절로 노래를 따라 부르며 가사의 구절구절을 떠올릴 수밖에 없었다.

비곗덩어리는 여전히 울음을 그치지 않았다. 어둠이 깃든 마차 안에서 노래가사가 반복되는 사이, 멈출 길 없는 흐느낌이 간간히 새어나왔다.

_1880년, 〈메당의 야회〉에 발표된 작품

옮긴이의 말

모파상의 짤막한 단편들은 긴 여운을 남긴다. 전쟁 같은 극한 상황에서 벌어지는 일들, 인간에 의해 저질러지는 돌이킬 수 없는 실수와 불행들, 속물적이고 평범한 일상 속에서 맞닥뜨리게 되는 웃지 못할 비애들처럼 우리네 삶에서 얼마든지 일어날 수 있는 소소한 이야기들이 때론 강렬하게, 때론 아름답고도 슬프게, 또 때론 오묘한 파문을 일으키듯 신비롭게 작품 안에서 펼쳐지며 독자들에게 재미와 감동을 동시에 안겨준다.

이 책에 실린 여섯 편의 단편소설과 한 편의 중편소설은 모파상이 매우 왕성하게 집필활동을 했던 1880년부터 1890년 사이에 발표된 작품들이다. 마흔셋의 짧은 생을 살았지만, 작가는 이 10년의 기간 동안 문학에 대한 열정의 불꽃을 온전히 불살랐다. 300편의 단편소설과 중편소설, 여섯 편의 장편소설, 여행기, 시집, 잡문까지 여느 작가가 수십 년에 걸쳐도 다 쓰지 못할 분량의 글들을 모조리 쏟아냈음에도 그의 소설들은 저마다 빛나는 감수성과 빼어난 묘사력으로 읽는 즐거움과 더불어 흠뻑 빠져들게 만드는 마법 같은 힘을 지닌다.

여기에 선별된 일곱 편의 소설들 역시 어느 것 하나 빼놓을 수 없이 독자들에게 진한 감동과 재미를 불러일으키기에 충분하다. 이 책에서는 파리를 중심으로 프랑스인들의 다양한 삶을 세밀하게 묘사한 〈우산〉과 〈가면〉과 〈목걸이〉, 고향을 떠난 두 병사의 슬픈 풋사랑을 그린 〈어린 병사〉, 작가가 태어난 노르망디를 배경으로 전쟁이 안겨주는 잔인한 폭력성을 풍자한 〈성 앙투안〉, 신비한 자연을 소재로 인간의 내밀한 감정들을 다룬 〈두려움〉, 마지막으로 보불전쟁(프로이센-프랑스 전쟁) 당시의 시대상을 통해 인간 군상을 적나라하게 그린 〈비곗덩어리〉 등의 작품을 담고 있다.

〈우산〉은 지독한 구두쇠 오레유 부인이 우산 하나 때문에 벌이는 우스꽝스러운 해프닝을 그린 단편이다. 어느 날 부인은 큰맘 먹고 장만한 남편의 우산이 담뱃불 자국으로 엉망이 되어버린 것을 발견한다. 돈 몇 푼에도 벌벌 떠는 그녀는 거금 18프랑을 들인 우산이 너무 아깝게 여겨진 나머지 남편의 체면이나 위신 따윈 아랑곳하지 않고 궁여지책으로 보험회사에 찾아갈 궁리를 한다. 절약정신이 몸에 밴 오레유 부인이 보험회사에서 타낸 보상금으로 본래와 다르게 사치하는 모습을 보이는 광경이 흥미로운 작품이다.

〈가면〉은 영원한 젊음을 꿈꾸는 한 남자의 헛된 욕망에 관한 이야기다. 몽마르트 언덕에 자리한 무도회장에서 가면무도회가 열리던 날, 멋쟁이 차림의 한 젊은이가 격정적으로 춤을 추다 바닥에 널브러지듯 쓰러진다. 가면을 벗긴 의사는 남자가 주름투성이에 백발이 성성한 노인이라는 사실을 알고 놀라움을 감추지 못한다. 젊은이 행세를 하던 남자에게 호기심을 느끼고 그를 집까지 바래다준 의사는 그의 아내가 털어놓는 이야기를 듣게 된다. 일류 미용사였던 바람둥이 남편 때문에 오랜 세월 풍파를 겪은 아내는 남편에게 진정한 사랑을 느끼게 될까.

모파상의 대표적인 단편으로 꼽히는 〈목걸이〉는 허영심

에 가득 찬 한 여인의 찰나적 욕망이 불러일으킨 불행을 그리고 있다. 말단 공무원의 아내 루아젤 부인은 평범하고 초라한 삶을 탄식하며 늘 우아한 귀부인의 일상을 꿈꾼다. 그러던 어느 날 그녀는 남편과 함께 교육부 장관 관저에서 열리는 파티에 초대를 받는다. 입고 갈 옷도, 몸을 치장할 보석도 없던 루아젤 부인은 어렵사리 드레스를 장만하고 친구에게서 화려한 다이아몬드 목걸이를 빌리게 된다. 그 목걸이로 인해 한순간의 자아도취에 빠져들긴 하지만, 결국 그 때문에 그녀의 인생은 재앙이 되어버린다. 사소한 오해로 빚어진 궁핍과 불행을 단적으로 보여주는 작품이다.

〈어린 병사〉는 파리 외곽의 군부대에 입대한 두 병사의 이야기다. 말수가 적고 동물적인 순수함을 지닌 두 병사는 매주 일요일, 군대에서 자유시간이 주어지면 늘 고향 마을과 닮아 있는 숲을 찾아간다. 둘은 약간의 먹을 것들을 싸 들고 매번 같은 장소에 들러 고향을 떠나온 향수와 외로움을 달래곤 한다. 언제부턴가 그곳에 가면 암소 모는 처녀를 만날 수 있다는 생각에 마음이 설레고, 처녀에 대한 애틋한 감정이 싹트면서 돈독하던 둘 사이에 미묘한 갈등과 오해가 생기기 시작한다. 뜻하지 않게 벌어진 불행으로 끝을 맺는 이 소설은 베일 듯 벼려진 젊음의 감수성과 상처를 섬세하게 그린 수작이다.

〈성 앙투안〉은 힘세고 익살맞은 60대 부농 앙투안을 통해 프랑스를 침략한 프로이센군에 대한 복수심을 코믹하고도 신랄하게 묘사하고 있다. 앙투안은 자신의 집에 배정된 아둔한 프로이센 병사를 데리고 다니며 마을 사람들과 함께 놀림감의 대상으로 삼는다. 어느덧 둘 사이에 끈끈한 우정까지 생기지만, 앙투안은 갈수록 대담한 행동을 일삼으며 급기야 조롱을 눈치 챈 프로이센 병사와 눈 내리는 밤 결투를 벌이게 된다. 전쟁에서의 패배와 침략자에 대한 두려움으로 벌어진 앙투안의 보복을 통해 잔혹한 전쟁의 참상을 보여주는 작품이다.

〈두려움〉은 인간이 느끼는 두려움의 실체를 신비롭게 묘사하고 있다. 진정한 두려움은 도저히 말로 설명할 수 없는 기이한 일을 겪었을 때 느끼게 되는 영혼이 산산조각 나는 듯한 감정임을, 사막에서 만난 신기루와도 같은 북소리와 산지기의 집에서 벌어지는 끔찍한 사건을 토대로 생생하게 그리고 있다.

〈비곗덩어리〉는 문학적 스승이던 플로베르를 통해 졸라의 문학 모임에 드나들던 1880년, 〈메당의 야회〉라는 작품집에 발표한 중편소설이다. 모파상에게 작가로서의 성공과 명성을 한꺼번에 안겨준 이 작품은 보불전쟁을 배경으로 인간의 위선과 탐욕, 이기심을 날카롭게 꼬집은 걸작이다. 눈 내리는 몹시 추운 겨울날, 열 명의 탑승객이 저마다의 이유로 디에프로 떠나는 마차에 오르게 된다. 귀족인 백작 부부, 상류층의 도의회 의원 부부, 포도주 도매상 부부, 늙고 젊은 수녀 두 명, 거기에 공화주의자 혁명 투사와 비곗덩어리라 불리는 매춘부가 동승한다. 사회적 신분도, 개인적 성향도 다른 이 열 명의 동승자들은 반나절 넘게 여행을 한 후 토트라는 마을에 도착하면서 저마다 감추고 있던 속물근성과 허위의식을 하나둘씩 드러내기 시작한다. 정복자인 프로이센 장교가 힘없는 엘리자베트 루세라는 매춘부에게 가하는 비열한 요구로 인해, 겉으론 교양과 품위를 유지하면서 오로지 자신들의 이익을 위해 한 여인을 서서히 궁지로 몰아넣는 인간의 위선과 이기심을 여실히 보여주는 작품이다.

이야기보따리를 풀어가듯 흥미롭게 전개되는 모파상의 단편들에서는 반전의 묘미를 빼놓을 수 없다. 평생 염세주의자였고, 정신적 고통과 육체적 질병에 시달렸던 작가 내면의 정신세계가 알게 모르게 작품들 속에 녹아들고 스며든 탓일까. 그래서인지 모파상의 소설들에서는 전반적으로 어두운 색채와 냉소적이면서 자유분방한 시각이 두드러진다. 또한 아름답고 서정적인 이야기에서는 슬픈 여운이 남고, 유쾌하고 우스꽝스런 이야기에서는 비정하고 참혹한 결말과 종종 맞닥트리게 된다. 그럼에도 그 작품들이 독자들에게 깊은 감동과 여운을 남기는 건 삶의 희비를 문학적으로 승화시킨 작가의 진정성 때문이 아닐까 싶다.

2015년 초여름

권명희

옮긴이 **권명희**

서강대학교에서 불문학을 전공하였고 프랑스 리옹2대학에서 현대문학 석사를 마쳤다. 옮긴 책으로 『책의 역사』『종이-일상의 놀라운 발견』『조르주 상드』『김치』『유령들의 탄생』『이곳에 살기 위하여』『행복을 찾아 떠난 소년』『오후 3시』『세상을 뒤흔든 25인의 개혁가들』 외 다수의 어린이 책이 있다.

모파상 단편선

초판 1쇄 인쇄 | 2015. 7. 20

초판 1쇄 발행 | 2015. 7. 23

글쓴이 | 기 드 모파상

옮긴이 | 권명희

본문디자인 | 이미연

펴낸이 | 박옥희

펴낸곳 | 도서출판 인디북

등록일자 | 2000. 6. 22

등록번호 | 제 10-1993호

주소 | 서울시 마포구 마포대로 11나길 6(염리동)

전화번호 | 02)3273-6895~6

팩스번호 | 02)3273-6897

e-mail | indebook@hanmail.net

ISBN 978-89-5856-143-9 03860

「이 도서의 국립중앙도서관 출판시도서목록(CIP)은 서지정보유통지원시스템 홈페이지(http://seoji.nl.go.kr)와 국가자료공동목록시스템(http://www.nl.go.kr/kolisnet)에서 이용하실 수 있습니다.(CIP제어번호: CIP2015016112)」